U0580131

Letters from China and Japan

杜威家书

1919 年所见中国与日本

[美]约翰·杜威 爱丽丝·C.杜威 / 著

[美]伊凡琳·杜威 / 编

刘幸 / 译

北京师范大学出版集团
BEIJING NORMAL UNIVERSITY PUBLISHING GROUP

北京师范大学出版社

序

　　这本书再现的是哥伦比亚大学哲学系教授约翰·杜威（John Dewey）与妻子爱丽丝·C.杜威（Alice C. Dewey）合写的家书。他们于1919年的早些时候离开美国，前往日本。他们迫不及待地安排着此次旅程，因为多年来他们都希望能够有机会去东半球看看，了解一些那边的事。这趟旅行原本只是为了开心，但就在他们离开旧金山之前，有电报传来，邀请杜威教授首先到东京帝国大学^①，之

---

① 东京帝国大学，也即今天的东京大学。东京大学于1877年创校，当时就称作"东京大学"；1886年在明治政府的《帝国大学令》之下改名为"东京帝国大学"；二战结束之后废除此名，改回到"东京大学"。——译者注。本书所有注释内容均为译者注，后不一一注明。

后到日本其他几个地方进行演讲。于是他们造访了日本，在那里待了三到四个月的时间①，度过了一段极为开心的时光。日本人展现给他们的意想不到的礼貌更是让这种开心翻了一倍。在那之后，到五月份的时候，他们决定继续这次旅行，到中国去，至少返回美国之前在中国逗留上几周。

中国此刻正在为独立统一的民主制度而斗争，杜威夫妇也沉浸其中。这使得他们改变了原有的1919年夏天返美的计划。杜威教授向哥伦比亚大学申请了一年的休假，获得了批准。此刻，他与夫人爱丽丝仍在中国。他们共同致力于演讲和讨论活动，热切地希望将一些西方民主的实情传递给这个古老的中华帝国。反过来，他们也享受着一段美妙的异乡体验。正如这些家书所显示的那样，他们将这段体验视为对自己人生的一次大丰富。这些书信是他们

---

① 杜威夫妇乘坐"春洋丸"号于1919年1月22日离开旧金山港，2月9日抵达日本横滨港；同年4月28日乘坐"熊野丸"号离开日本，驶向中国。如果算上4月28日的话，杜威夫妇在日本的时间合计为79日。

写给在美国的孩子们的,当时根本没想过它们会变为铅字,
出版成书。

伊凡琳·杜威

纽　约

1920 年 1 月 5 日

目　录

日本篇  2月—4月22日

东京，星期一，2 月

　　如果，你们想要看一场盛大而满是泥泞的化装舞会，那么，就来看看今天的东京吧。我每时每刻都会被逗乐，以至于如果我真能由着自己性子的话，那么在某种程度上，我简直就要坐到或者站到屋顶上，向全世界的每一个人都呼喊，来这儿吧，来看看这一场秀吧。如果不是因为这些衣服都是他们自己的样式，我简直会认为，所有那些被弃置的衣服都弄错了方向，被运到了日本，而不是比利时。但是，这些衣服中的大多数，样式和材质一样的古怪。想象一下，把你们的阁楼翻箱倒柜一番，找出那些陈旧的颜色和图案，然后凑出一堆大大小小的和服，和服上就是刚

1919年2月10日，日本《万朝报》（萬朝報）上刊载了杜威夫妇抵达日本的消息，并附上了两人的照片。

才找到的所有那些千奇百怪的颜色和图案。此外，还有好多男士帽，但这帽子不像是你们曾经见过的任何一种东西。最后，还有非常泥泞的街道。这样，你们就明白什么是东京了。人力车的车夫给自己的腿配上了紧绷着的裤子，下面用绑腿收束，很是得体。他们的脚上用棉布做成的东西，既不是袜子，也不是鞋，但又两者都是。终日在泥与雪中穿梭，那东西常常被打湿。他们会闲站着，或者坐在台阶上候客，就这么度过一整天。我一方面想要坐这样的婴儿车，但是另一方面又恐惧他们的语言，被这两者弄得心烦意乱。这当中还混杂着一种更大的恐惧，那就是给我拉车的是我的人类同胞，这让我痛苦。他们是身形柔软的小个头，但是，当你们看着他们一路小跑的时候，会觉得仿佛有钢制的弹簧在推动着他们前行。到现在为止，我还只坐过汽车，这在这儿还不多见。我已经厌倦于接二连三的娱乐活动带给人的兴奋了。今天早晨，一个人从古董店里来，深鞠躬。"您好，夫人，请问您是达旺（Daway）[1]夫人吗？我知道您，因为我在报纸上见到了您的照片。您可以到店里来，看看我数量丰富的古董吗？我也很乐意将它们带到您的酒店里来。夫人，请问您的房间号是？"深鞠躬。"不，请不要将那些东西带到我的房间里来，因为我几乎都在外头。将来有时间的话我会去店里看的。""谢谢您，夫人，请一定莅临，夫人。我们有许多精美的古董。"深鞠躬。"晨安，夫人。"

街道的样子和他们的衣着一样，仿佛是从过去的年代里遗留下来的。当然，东京是日本的现代都市，等到将来参观一些古城的时候，我们还会留心的。但愿我能让你们

---

[1] 杜威夫妇在信中不少地方都戏仿了日本人发音不太标准的英语。

知道这些穷人长什么样。那些长到大概十三岁的孩子们，似乎从来都没有擦过他们自己的鼻子。把这样一种外表（比在意大利的时候见得更多）与几层的和服联系起来。和服是用色彩亮丽的棉和毛织成的，绣有花饰，一层叠过一层，最外层是一种古怪的褐色格子花纹。它鼓成一团，而且太大，因此要绕着腰系起来。有个婴儿被背在背上，在最外一层的和服里摇摇晃晃。小婴儿头上有黑色刘海，或者说只是露出了毛茸茸的头皮，鼻子从来没有用手帕擦过。背着这个小婴儿的孩子在幼年的时候只怕也是一样的鼻子——当我随意走走的时候，我在心里尖叫，这比任何戏剧都更令人兴奋。我们对他们的好奇和他们对我们的好奇是一样的，虽然我们住的地方是大多数外国人都会住的地方。现在，最重要的是，我们就跟猴子一样，没法让汽车司机知道我们想要去哪儿。我们在街上找不到地名，我们也没法读懂标识，除非偶尔有那么几个是用英文写的。街道蜿蜒通向任何一个方向，它们有的长，有的短，有的还绕圈。有一条巨大的水道环绕着城市的一部分，这里正好是我们在的地方，我们好像每隔几分钟就要跨一次这条水道。每一次跨过它的时候，我们都觉得这和上一次我们跨过它时走的是同一个方向①。我们的探索之旅到了这个地步，你们的爸爸走向了一个年轻人。他穿着一件阿尔斯特外套②、一个披肩，还有一顶毡制的帽子，那帽子挺像是爵士帽，就是比它短几英寸。爸爸和他说，Tei-ko-ku Hotel③。如果发音准确的话，这个词的意思就是帝国酒店。年轻人转过身来说："你是想要去帝国酒店吧?"④我们说，"对"（带着肯定的语气）。年轻人说："沿着路往下走，那幢很大的建筑就是了。"⑤于是，我们又跋涉

---

① 这里指的应该是东京千代田区绕着皇居修筑的护城河。杜威夫妇下榻于帝国酒店，正在皇居边上。

② 这种外套是腰带式大衣的元祖，曾是英国人外出旅行时的流行衣着。

③ "Tei-ko-ku"是日语中"帝国（ていこく）"一词的发音。帝国酒店于1890年在东京日比谷地区开张，至今仍在营业。它被称作"日本的迎宾馆"，在历史上曾接待过大量外宾。

④ 这一句被戏仿为"Do you want ze Imperialee Hoter?"（Do you want the Imperial Hotel?）

⑤ 这一句被戏仿为"Eet is ze beeg building down zere"（It is the big building down there）。

了一程。所有那些穿着木屐的行人都在看我们的脚，直到我们到了这个陈旧的谷仓。我们在这儿付的钱和在一家第五大道①上的酒店一样多，然后领到了一点清汤当作晚饭。就跟任何一家旧式的法国酒店一样，他们给你的东西都是小心翼翼地按量分配的，而领班都是最优秀、最显眼的玩偶盒子（jack-in-the-box）②，每时每刻都会跳到你面前来，每一次你下到大厅时都鞠躬，之后还是鞠躬，鞠躬，鞠躬。这真是非常有趣。商店就跟我们家里的卧室差不多大，还有一个足够大的空间让我们先站进去，把鞋脱下来搁着，然后才能进屋，在席子上走路。除了外文书店，我们没法进任何商店，因为我们太脏了。而且，即便我们打算脱下自己的丝质长袜，也没时间解鞋带。我们在购物之前应该穿上一些方便脱下来的短袜。我现在正着迷于一个念头，那就是去试试木屐。

---

① 第五大道是纽约曼哈顿的一条著名商业街，有众多知名的高级酒店。
② 玩偶盒子，指的是那种一打开就会跳出来一个小丑的玩具盒子。

星期二，2月11日，（东京）①

今天是节假日②，因此我们没法去银行，但能去参加一个会议，他们将在会上广泛地讨论普遍选举权和民主化。天皇据说抱恙，因此不会参加庆典。③就我们知道的而言，

---

① 杜威夫妇每一封家书前的时间地点并未严格遵循统一的格式,有时时间在前，有时地点在前。翻译悉遵原文。

② 2月11日是日本的"建国纪念日"，取传说中的神武天皇即位之日。1873 年设立此节日，当时被称作"纪元节"。日本战败后，美国占领军曾取消这个节日。1966 年起，这个节日被重新恢复，定名为"建国纪念日"。

③ 杜威夫妇赴日之时，正值日本大正天皇（1879 年 8 月 31 日—1926年 12 月 25 日）在位。他自出生以来便体弱多病，尤其从 1917 年开始，身体状况出现了严重恶化，将许多公务交由大臣打理。

他的病情，就像是关于他的任何别的事情一样，都是交由那些男女部长们来打理的。

我们有太多有趣的体验和印象，以至于很难将它们及时一一记录下来。昨天早晨，我们去散步，到了下午，有一辆车载我们出去，好让我们对日本不仅仅停留在浮光掠影的第一印象。我们看了大学，也看了公园，公园里有历代将军的墓。①从车里看，那些墓真是很壮美。至于明天，我们可能会去博物馆。一排排的石灯比我曾想象过的任何东西都令我印象深刻。成百上千的石灯一定给它们所照明的夜晚带来了一种极为古怪的、幽灵般的景象。

说日本人对自己的历史不关心，这并不完全正确。至

① 杜威去的应当是东京的上野公园，以及公园内的东照宫和宽永寺。上野公园位于东京东北部，原本是德川家灵庙和一些诸侯的私邸，1873 年被改为日本第一所公园。这里是东京最著名的赏樱胜地。东照宫是祭祀德川家康的神社，日本全国有多所，上野的这一所创建于 1627 年，是其中比较知名的一所。其门前有众多铜灯笼和石灯笼，蔚为壮观，故而杜威在信中提及。宽永寺是德川家庙之一，创建于 1625 年，德川家 15 任将军中有 6 人都埋葬于此。上野公园与东京帝国大学非常近，因此可以在一天内游毕。

少，受过教育的人是关心的，这和别的国家一样。一个朋友告诉我们近来人们对茶道的兴趣在复苏。他会安排我们去某个地方体验一次，但他没有说是哪儿，不过从他给我们的印象来判断，肯定会伴有一场盛大的晚宴，并且展现出新近富起来的人们的奢华，以及昔时日本的情调。他告诉我们，有一个茶道所用的中国古茶杯，最近被某个亿万富翁花十六万日元买了下来，这等同于八万美元。他说，这位收藏家有好几套茶具，每一套都能值一百万美元。这个茶杯是用黑瓷制成的，配有色泽明亮的装饰。他还告诉我们，现在有一种产自中国的茶，是将茶的枝嫁接在柠檬树上得来的。他有一点这种茶，是中国的大使送给他的。因此，我希望我们能有机会品味一下。

说到这家帝国酒店，你们会觉得有意思的是，掌管整幢楼的经理刚刚从沃尔多夫（Waldorf）①和伦敦回国，他在国外学习如何应对客人。他们将汇率报给了爸爸，我觉得

---

① 沃尔多夫是纽约公园大道上的一家地标性酒店。

11

那就像是他们发展曲线的指数。他们还打算建更多呢。这是日本唯一①的顶级酒店。现在，它们只有大概六十间客房，或者稍稍多一点。

大体说来，事情都很顺利。从五月开始，我就要一直在这里做演讲了，但那时候正好是开始旅游的时候。让人泄气的是，冬天来日本反而成了最好的，因为气候远不是真正意义上的冷，虽然还是很难想象棕榈树怎么可能在冬天茁壮成长。日本好像培育了某种亚热带的植物，能够抗冻、耐冬。我能预见，我们将会很忙，而在接下来的几周里，你们的妈妈会比我有更多的时间参加各式各样的观光活动。这里有一种难以言说的迷人，从本质上讲，就像是书或者画。但毫无疑问，我们甚至都没有做好准备，因为这里的真实感不仅仅是在质上，而且是在如此巨大的量上——不是那种这里摆一点，那里摆一点的标本。

---

① 本书英文原文以斜体字表示的部分，在译文中则加着重号。

东京，星期四，2月13日

今天，我们第一次没让他们作陪自己去购物了。我没法从这里说的英语的数量和质量带给我的震惊中恢复过来。和国内一样，我们在这家商店里很随意地购物。这是一家很大的百货商店——但是这里注重对你的关切和舒适度，因此比国内的商店舒服得多。他们给了我们小包装袋，或者说鞋套，套在我们的鞋上。试想一下，在芝加哥雨天泥泞的时候，如果能有这个，那将是多大的一个进步啊。

暴风雨般的社交和款待，在昨天暂时达到了高潮，今天下午则是一个休息的间歇。让我给你们看看我的日记。在我们吃完早餐之前——一直到今天，我们都是八点的时候吃早饭——人们就来拜访我们了。然后，两位绅士用他们的车载我们去了大学，我们又一次拜访了校长。他是一位很旧派的绅士，我猜想他信奉儒家。[①]你们的妈妈也被叫去拜访了校长，而不是待在车里，这给她留下了很深的印象。但我想，相对于我的来访，校长似乎对她的到来更开心，更受用。随后我们就被送到了商店，就是我前面提到的那家。许多人在那里购物，因为价格是固定的，如果有谁能发现同样的商品在别的地方卖得更便宜，就能获得奖励，而且，这里的商品的质量都是有保证的。但是他们也说，这是一种很便捷的方式，可以让我们参观日本，了解这里的衣物、装饰、玩具等，同时也了解这里的人，因为全国各地的人都会来这里观光。有一群从乡下来的

---

① 这一时期的东京帝国大学校长是山川健次郎（1854 年 9 月 9 日—1931 年 6 月 26 日）。他曾留学美国，是日本第一个物理学教授，曾一度兼任东京、京都两所帝国大学的校长。

人也在。他们被称作"红毛毯"（red blankets）①，而不是新手（greenhorns）②，因为在冬天他们不会披外套，而是披上一张用线织成的红毛毯。到了晚上，这张毛毯也能派上用场。

　　商店已经在展示女儿节的东西了，虽然还得等到三月初的时候才过节——桃节③，还展示了节日人偶——按旧式风俗装扮的天皇与皇后、仆人、宫廷女子，非常有趣，非常精美。毫无疑问，他们这样使用人偶的方式是我们所没有的。然后我们在商店里吃的午饭，很普通的日式午饭，味道很棒，而且我是用筷子吃的。随后，他们送我们回酒店。到了两点的时候，一位朋友来了，带我们拜访涩泽男

---

① 在日语里，这样的人被称为"赤ゲット"，用来指那些从乡下来到都市里参观的人，其原委正如杜威所言。这个词发明于明治初期，后来也可以指称那些刚刚到海外，不习惯海外生活规矩的人。
② 英语里"green"一词既有绿的意思，也有不成熟的意思。杜威是用字面上的"绿"，和前面的"红"形成对比。
③ "桃节"即女儿节，在每年的 3 月 3 日。

爵①——我想，哪怕是像你们这样愚钝的外国人也知道他是谁。但是你可能不知道，他已经80岁了，他的皮肤仿佛婴儿的皮肤一般，他在各方面都显示出最敏锐的头脑。你还有可能不知道，在过去的两三年里他已经完全退出商界了，专心从事慈善事业和人道主义活动。很显然，他做的事是许多美国富豪不会做的。他对此有一种智力和道德上的关切，而不仅仅是投钱。他花了一个半小时或者更多时间，来阐释他的人生理论（他纯然就是一个儒家信徒，而

---

① 涩泽荣一（1840年3月16日—1931年11月11日），日本明治和大正时期的大实业家，被称为"日本企业之父"。他出身于琦玉县的豪农家庭。早年曾参加尊王攘夷活动，由于精明能干，被德川庆喜重用，1867年随庆喜之弟访问欧洲，回国时幕府已经倒台。1868年创立日本第一家银行和贸易公司，1869年到大藏省任职，积极参与货币和税收改革，1873年因政见不合辞职，任日本第一国立银行总裁。10年后创办大阪纺织公司，确立了他在日本实业界的霸主地位。此后，他的资本渗入铁路、轮船、渔业、印刷、钢铁、煤气、电气、炼油和采矿等重要经济部门，1916年退休后致力于社会福利事业，直到91岁去世。涩泽荣一于1900年被授予男爵，1920年被授予子爵。杜威夫妇日本之行的全部费用均由涩泽荣一承担。

并非任何一种宗教的崇拜者），以及他正在尝试着做什么，尤其他的所作所为并不是救济。他想要保留那些能够适用于当下经济状况的、古老的儒家规范。或许如你们所知，从本质上，这是一种封建经济关系下的道德。此外，他认为现代工厂的雇主也能够对雇员采取一种过去的、父权式的态度，从而阻止阶级斗争在这儿的发生。日本的激进主义者会嘲笑这样的念头，这和美国一样。但是在我看来，如果他能在马克思主义的社会进化论之外，另创一种不同类型的社会进化论，那么我想，他这么花钱又何乐而不为呢。根据所有的报道，虽然战争带来的巨大财富和工人阶层的不断壮大已经引发了一些改变，但是这里依旧很少有劳资双方的问题。到现在为止，工会还没有被批准，但是政府已经宣称，虽然不鼓励成立工会，不过也不禁止。

但是我必须回到主题了。另一个朋友邀请了我们随他一起去剧场，帝国剧场（the Imperial Theater）①，里面有欧式的座位。整幢建筑精美而巨大，与任何一国的首都剧院都能媲美，却不像纽约的剧院那样过度装潢。帝国剧场下午四点开始演出，中间有半小时的幕间休息，以便吃晚餐，然后持续到夜里十点。一般的日本剧场从早上十一点开始演出，持续到晚上十点，你需要自己带饭。同时，也没有座位，你就这么坐在自己腿上。严格意义上讲，没有什么戏是旧式的历史剧，但迄今为止最有趣的一出戏是取材于古典戏剧的——在某种程度上，它集中讲述了一匹忠贞的马，还有几个乡下农民，背景是好几世纪以前了。最无趣的是某种问题剧，几乎都是现代样式的哲学话语——表达自己的权利、做一名艺术家的权利、格言警句等，即便对日本观众也没有什么太大吸引力。这些观众显然是敏捷而智慧的——几乎与巴黎的观众同等专业，但这里的观

① 帝国剧场是日本第一座西式剧场，于 1911 年 3 月 1 日竣工。整幢建筑由横河民辅设计，取文艺复兴样式。在日本，帝国剧场亦被称作"帝劇"（ていげき）。

众真的完全是日本老百姓。表演最有价值的地方，严格说起来并不是艺术层面上的，也不是它高度发达的表演技艺，而在于它的道德情感。美国观众往往留意到一些非常戏剧性的东西，却很难捕捉到那种道德情感。然而，基于古代故事和传统的古典戏曲更富有戏剧性，也更激动人心。日本人也说，旧的剧场里有很多演员比这种半欧式剧场里的演员出色得多。我猜想，后者是受到政府支持的。在帝国剧场，最靠近舞台的席位是一点五美元，而在那种要演出一整天的剧场，同样的席位价钱要更高一些。即便在这里，也没有引入鼓掌喝彩的习惯，虽然在大幕落下的时候有一两次轻轻地拍手。日本人常常将旋转剧场作为换幕的一种方式，它工作起来就像是一座铁轨转盘。嗯，昨天就那样结束了。还有一件事，就是我们昨天本来想邀请两位绅士来赴晚餐，但当我们跟朋友说起这件事的时候，他们说："啊，那要和他们打电话，让他们在之后的某一天再来。"这似乎是一种很好的日本礼节，就好像在一天中的任何时候都可以拜访某个人一样。于是我们照做了。但不幸的是，他们不得不今天就来了电话，说他们今晚没法来。

今天相对而言要平静些，我们只有四位日本访客和两位美国访客。两位日本人中，有一位女士是女子大学的校监，而另一位是那所大学里的教师，她是一位年轻姑娘，出身于一个富裕而高贵的家庭。但据我判断，对她的家庭而言，她太过摩登了。我希望你们所有的孩子将来在遇到任何一个日本人的时候都能鞠一躬，然后问问能为他做些什么。我将要用我的余生来报答我在这里感受到的大量的善意和礼貌。

我有些担心，这些东西我写起来比你们读起来更有趣，更不用说，亲身体会一定比读手里的信更有趣。但是，你们可以替我们保存好这些信。当我们老了，从自己的奥德赛①之旅回来，想要重温往日的记忆，看看人们曾经对我们那么的友好，以至于给我们一种仿佛自己是个了不起的大

---

① 《奥德赛》与《伊利亚特》是古希腊最重要的两部史诗，相传为荷马创作。《奥德赛》讲述了古代英雄奥德修斯在外漂泊十年才返回故乡的故事。因此，"奥德赛"后被广泛用作长期旅程的代名词。

人物的幻象，并且让我们既享受到家的愉悦，又置身于一个对我们而言奇异得近乎一半都是魔法的国度的时候，我们可以重读这些信。对于这儿的大多数人，我只会惊讶于他们的快乐，并且意识到日本是一个如此古老并且拥有众多人口的国家，佛教和禁欲主义的宿命论带来的快乐在如此蓬勃地发展。不要再骗自己说日本是一个新的国家。有些人告诉你，一定得去中国和印度才能看见古迹，对这样的人我再也不相信了。对这儿的大多数人而言，从表面上看可能是这样，但是就其根本而言，绝不是这样的。任何国家都是有悠久历史的，生与死就如同树上叶子的生长与掉落，而每一个个体的重要性都仿佛一片叶子一般。旧世界与新世界不仅仅是相对的，它们就像任何东西一样是紧紧连在一起的。

我们听到外面有哨子声，你们的妈妈认为是银行的信差，于是我摇响了铃，让小男孩带他进来——但是，哎呀，哪有那么浪漫，结果是通心面小贩在叫卖。

东京，2月

　　自上岸已经一周了。[①]此刻我们在一处美丽庭园中的一座小山冈上。园中的树上，嫩芽在膨胀。李子树很快就要开花了，到了三月，山茶树会长得很繁茂。在远方，我们

---

① 杜威夫妇抵达日本后，先在帝国酒店住了一周，之后到老朋友新渡户稻造（1862年9月1日—1933年10月15日）任校长的东京女子大学的公馆中就住。东京女子大学是于1918年正式开学的基督教大学，新渡户稻造任首任校长。新渡户稻造于1884年留学美国，与杜威同为约翰·霍普金斯大学的校友，而且与杜威的长兄，后来成为经济学家的戴维斯·杜威（Davis Dewey）是同学。新渡户稻造曾于1911年造访哥伦比亚大学，举行演讲，杜威也有出席，并与之深入交流。因此，早在杜威夫妇到访日本前，他们就已经是很熟悉的老朋友了。

Letters from China and Japan

见到了壮丽的富士山。近处是这个区域别的山脉，还有平原上的城市。这座山冈的山脚下是一条水道，沿岸有樱桃树，原先是很出名的，但是大部分都被几年前的一场风暴摧毁了。

我们有一处很棒的寓所，满墙都是窗户，房子的窗户是玻璃的。寓所中有一间很大的卧室，一个小小的化妆间，还有一间书房。此刻，我就坐在书房里，沐浴着从四面的玻璃窗里透照进来的日光。我们需要太阳，虽然说炭火盆，或者烧木炭的小盒子，在暖脚或者烘干头发方面颇有奇效。此刻，我就在一边暖脚，一边烘头发。环绕我们的是所有关于日本的书，都是现代学问的产物，所以我们的阅读真是一刻不停啊。房子非常大，一间连着一间，盖满了山顶。房子和房子之间有回廊连着，回廊将每间房子都打通了，连成一气。我会试着拍张照片的。房子的尽头是 X 先生的、占了好几个房间的书房。同时也被用作茶室，进行茶道活动。招待我们的东道主不是那个斥资一百万美元买茶具，进行茶道的新晋暴发户，他对那件事感到好笑。但是这儿有一个金漆桌子，就像是被凝固住的阳光，还有几件别的旧家具，是这个家族代代传下来的，现在已经是无价之宝了。如果你们在我们吃早餐的时候见到我们，一定会被逗笑。早餐由指派给我们的女仆，O-Tei[1]，在充满阳光的客厅里为我们服务的。我们首先吃的是水果。两台小的漆桌，我们想坐到哪里就可以挪到哪里。这间屋子里的菜肴和服务都是按我们的方式做的，包括很棒的旧式广东菜和别的一些日式食物。吃过水果之后，她在炭火盆的烧炭上做了吐司，用两根细长的铁棍穿过面包，方便拿着。她就用那个铁棍叉着，把吐司递给了我们。同时，她教我们日语，我们则教她英语。这些英语她都知道了，但是我们每次说的时候她都会咯咯地笑。最后，我们把吐司放到盘子里，她就退下去了。咖啡壶在一张靠墙的桌子上，我们绝望地自己给自己找杯子，还有点儿担心破坏了这儿的礼节。没有杯子，是她给忘了。过了一会儿，她拿着杯子又上来了，这样，我们才喝到了咖啡。随后她又下楼，用精美的旧式

---

[1] 杜威在这里记下了这位女仆的姓名发音，但很难再还原为汉字了。

蓝色盘子盛着剥好的鸡蛋上来了。然后，她笑了一会儿，一边用铁钎子叉了一片热乎乎的吐司递给我们，一边还用一种很轻柔的声音说了些什么，那种声音我们从没听过。我告诉她这个吐司即便掉到地上也没关系，因为太干净了，她就更高兴了，咯咯地笑起来。随后她走到了大卧室里，从煤气炉那儿取了咖啡。这就像是一出可爱极了的戏，远没有被效率、时间、节省人力之类的遥远的理念给扫了兴致。随后有两位女仆为我们整理床铺，打扫地板，一个人把沙发挪到边上，另一个就用扫帚打扫沙发下面。她们总是笑，鞠躬，对我们的每一个举动都有兴趣，仿佛我们是她们最亲近的朋友。

现在女管家进来了，鞠了好多个躬，非——常——慢——地说，她愿意陪着我去城里逛逛，给我解释各种东西，同时我则可以教她英语。我问她是否去教堂，她说她不是一名基督徒。想一想那是多么有趣的对话。她是 X 先生的秘书——又是一个新建的基督教大学的学生，而 X 先生正好是校长。①她现在进来了，在我们吃早餐的时候就等着，站着，跟着我们重复英语。她懂很多英语，但是那太过文绉绉，因此想要让她正常地说话就变得很有趣。我做的最多的工作就是让她开口，破除那种日本女人使用的、礼貌的日式低喃。昨天，我们参观了女子大学②，从我们住的房子走着就能到。校长成瀬先生就要因为癌症而去世了。他躺在床上，但是还可以自然地说话。他已经对他的学生们做了道别演说，在一次演讲中对自己的同僚们说了再见。他将系主任任命为后继者。③系主任实际上现在正担任着他

---

① 这里说的是新渡户稻造任校长的东京女子大学。

② 这里说的是成瀬仁蔵（1858 年 8 月 2 日—1919 年 3 月 4 日）创办的日本女子大学。该校创立于 1901 年，是日本最早的一所女子高等教育机构。杜威于 2 月 17 日初次访问日本女子大学，拜访病重的成瀬仁蔵。因此可以推测这封信写于 2 月 18 日。成瀬仁蔵，曾留学美国，回日本后皈依基督教，创办日本女子大学，是日本女子教育的拓荒人之一。1918 年成瀬仁蔵被查出患肝癌。1919 年1 月 29 日，他在大学讲堂内举行了告别演讲，挥毫写下了"信念彻底""自发创生""共同奉仕"三条纲领，不久之后即病逝。

③ 接替成瀬仁蔵，担任日本女子大学第二任校长的是麻生正藏（1864年 1 月 9 日—1949 年 11 月 28 日）。

的职务。在这所大学，他们教插花、剑道和日本礼节，校监是一名很好的女性。她说我如果想去随时都可以去，看看不一样的东西。

今天下午，我们又有访客，其中有两名女性。女性访客是很稀少的。其中一位 R 医生，是整骨治疗师，在这儿已经工作十五年了，是我们东道主的老朋友。第二位是 T 女士，在美国待了七年，刚刚回来。我在斯坦福的时候听闻了很多关于她的事，还给她捎带了信件。她在女子大学里有职务，是社会学的教师。但是她说，主事者觉得还不到开讲社会学的时候，因此她会从教英语开始，然后一步步穿插一些社会学的内容，让班上的学生们喜欢上社会学。她是一个很有趣的人。她和我说，因为我是来做客的，可能会有些寂寞，她可以带着我，以及我想叫上的朋友，一起去剧场。鉴于我们已经去过了帝国剧场，而且也坐过了男爵的包厢，因此我们最后决定去看歌舞伎。在那儿我们坐在地上，看到了真正的传统日本演出，这是我非常渴望的。演出从上午十一点开始，一直持续到晚上十点，我才了解了歌舞伎。

2月22日

　　昨天我们去了剧场，一点开始，九点结束。包厢里始终有茶，一幕戏和一幕戏之间还有一点小吃——中间有一顿正式的晚餐。我们喜欢旧式的日本剧场，胜过那个多多少少更现代化的剧场。涩泽男爵给我们预订了一个包间——或者说是两个包间——他的侄女和另一名亲戚，还有官邸里的两个人也来了。我无意去描述这些戏，我只想说，学习日本历史和传统的方法，就是去剧场，再带一个能给你讲解的人。剧场和中世纪欧洲的剧场一样简单，但是服装却精致得多，花费也高昂得多。舞台非常壮观，足足有四十个旧式的武士站在上头，服饰都是货真价实的，因此不是那种闪闪发光的样子。你们的妈妈比我去得久，因为我在四点半的时候就得离开，去归一协会（the Concordia Society）[①]——事实上，一开始我压根就没想过去剧场，但是男爵说他给我们订了包厢，因为他担心我走了的话，你们的妈妈一个人会寂寞！有大约二十五位日本人和美国人参会，在我讲了大约半个小时之后，我们到邻近的一家餐厅就餐，然后闲坐着，谈了大概一小时。

除了昨天的剧场之行，这一周的大事就是访问女子大学了——你们可能会觉得那是一场盛大的款待，但是你们根本不知道我们都看见了什么。我们很早就出发，步行去那儿，因为它不算远。有人也曾经给我们指过路，但是我们在商店里慌慌张张地四处张望，以至于都没能注意到我们到底走到

[①] 归一协会，是成濑仁藏在姉崎正治、浮田和民、涩泽荣一等人的支持下，于 1912 年 6 月 20 日创建的民间组织，旨在促进不同宗教间的相互理解和协作。其影响力随着成濑仁藏、涩泽荣一等人的去世而消退。1942 年 12 月 20 日，协会解散。杜威此次日本之行与协会创始成员成濑仁藏、涩泽荣一均有密切联系，故而在协会发表演讲亦属情理之中。

了哪里，一直到了无路可走，最后我们不得不掉转头往回走，就这样迟到了。整个上午，我们都在小学和幼稚园①，这儿是他们的实习学校。你看见的那些给小孩的亮丽的和服是真的——所有的孩子都穿着，都非常的亮丽，大部分是红色的，还有别的颜色。因此，这些小孩所在的房间就像花园一般，花丛里还有亮丽的小鸟——整个都非常欢快。他们的作品都很有趣，用彩色蜡笔画的画尤其有趣。他们是享有大量自由的小孩，而不是那种满是模仿、全无个性的小孩——更准确地说——在绘画以及别的手工作品方面，我还从来没有见过这样丰富的多样性，以及如此之少的雷同，更不用说，这些画的质量远远在我们美国孩子的平均水平之上。这些孩子并没有处于什么明显的纪律之下，但是都很幸福、开心。他们完全没有关注我们这些到访者，这让我觉得有些超现代，因为我本来以为会见到他们全部都站起来鞠躬呢。如果你想一想，在完成所有常规的学校

---

① 杜威夫妇参观的是日本女子大学附属的丰明小学校和幼稚园。

学习——包括大量的手工、绘画等——之后，他们在六年级还要学会一千个汉字，既能写也能读，你就能想象这些孩子必须得多努力。当然，他们还必须学会日本的假名。随后我们享用了午宴，总共有十个人，是由家政学部①的女孩为我们烹调、服务的。很棒的午宴呢！配菜堪比利兹（Ritz）②——都是欧式的食物和服务。接着，真正的表演开始了。首先，我们看了插花，既有旧式的，也有现代的。其次，是古代在上茶和点心的时候的礼节。之后，是晚辈对长辈的称呼。接下来是筝的表演——这是一种放在地上的十三弦的琴——先是两个女孩，其后是老师，最后由老

① 日本女子大学在创校时便设立了家政、国文、英文三个正式的学部。"家政"这门学科主要传授以家庭生活为核心的衣、食、住、行等方面的知识。1874 年，美国伊利诺伊州立大学率先设立了家政文理学院，正式创办家政系。日本从明治时期开始较为注重这一方面的知识。受此影响，中国民国时期的大学也曾广泛开设家政系。1919 年，北京女子高等师范学校最先开设此系。1949 年之后，受政策影响，家政系大量裁并，主要归入今天的学前教育之下。

② 利兹是伦敦的一家知名酒店。

师独奏。他是盲人，据说是全日本最好的演奏家。[1] 他演奏了《唐砧》[2]，据说他极少演奏此曲，一年不过一次。是的，你能听见水的涟漪，然后掉落，击打在石头上，之后有女子开始唱歌，拍打着轻纱。比起美国的音乐，在这首曲子里，我更能听见春天，也许我的耳朵或许天生就适合日本的音阶，或者是欠缺音阶感。再之后我们被带到了茶室，观赏了茶道，品了茶。你们的妈妈坐在榻榻米上，用脚后跟撑着身子，但我却粗鲁地端了把椅子就座。接下来我们去了体育馆，看到了古代武术世家女儿的剑和枪的操练。教师是一位七十五岁的老妇人，猫一般柔软、机敏——比任何少女都优雅。现在，我对旧式的礼仪和仪式充满了敬畏，将其视为一种身体上的文化。每一个动作都要做得

---

[1] 为杜威演奏的是宫城道雄。宫城道雄（1894 年 4 月 7 日—1956 年 6 月 25 日），生于神户，七岁失明，日本音乐家、演奏家。毕生致力于发展日本民族乐以及改革民族乐器，主要作品有《春之海》等。

[2] 杜威将曲名译作《溪中浣纱》（*Cotton Bleaching in the Brook*）。这是宫城道雄于 1914 年，在朝鲜创作的一首名曲。

完美，倘若没有精神上的集中是做不到的。与所有这些礼仪相比，孩子们现代化的体育锻炼真是太简陋了。我们被带到了宿舍，这是一个花园，很简易的木制日式房屋，就像是我们女儿们心目中的谷仓，但到处都是那么的干净，你甚至可以在任何一处的地板上吃东西。南面都是玻璃和阳光，这些女孩们坐在地板上，靠着一张桌子学习。桌子大约1.5英尺。没有床或者椅子之类的东西搞乱整个屋子。我们被领着参观完了其他屋子之后，又回到了食堂，享受了一顿非常精美的日式佛教斋饭，都是蔬菜——所有都是尝一点，在一个小盘子里。但是有点心、甜点，五道或者六道菜，都不相同，烹调得非常精致。此外，还有三种茶。

在这里，礼节是如此的普遍，等我们回国的时候，有可能我们会礼貌得你们都不认识我们了。也有可能我们会愤怒，觉得没有一个人称得上礼貌，那样一来，你们还是可能不认识我们了。X先生带我上了他的车，送我回来了。当我们到大厅的时候，有五位女仆向我们鞠躬，微笑着递给我们拖鞋，接过我们的大衣和帽子。她们进进出出的时候就像是去野餐一样开心，我想，这些女仆们在日常工作中很享受这种变化，因为她们是真的在微笑，工作的时候就像是在享受自己的人生时光。如果这是敷衍，是假装出来的，那她们就真是把我给愚弄了。

好吧，我不会让你们针对这趟日本之行进行什么哲学上的反思。而且，我真是太忙了，什么都来不及细想。这些思考可能会在中国自然地冒出来的。我忘了是否在上一封信里告诉了你们，内务大臣给了我一张日本铁路一等座的月票，而且可更新。一个朋友希望他再送一张给妈妈，但是他说，很抱歉，这一特权不能适用于女人。这样我就成了家里唯一的一名受惠者。我还没有用过，为了感受一下，只要有机会我一定会用一用的。

东京，星期五，2月28日

　　除了在路上看看街景，我还没有怎么看风景。在我为了锻炼而出去散散步的时候，往往也有人陪着。他们常带我去一些新的地方。昨天晚上，我们吃完晚饭之后出去了一趟，到一条很近的热闹的街上走了走——书贩将自己的货品都摆到了人行道甚至街道上，很小的餐车，挤满了人的街道和商店——到处都有电，还有艺伎女子踱着小步跑过，跟着的女仆拿着她们的三弦琴。我们伸长脖子什么都看，去了一家电影院，之后又去了一家日本餐馆。他们吃饭的地方都是专门化的——这是一家面店，我们尝了三种面，一种是在汤里放麦子，一种是荞麦配上炸虾，还有一种是凉的，配上海藻。总的说来，对我们两个人而言，这些食物太丰盛了，只花了27美分，而且这个地方，虽说只不过是很普通的一家，却比任何一家美国餐厅都干净，甚至比那些最好的美国餐厅还干净。电影的故事似乎比我们美国的任何故事都复杂，也明显节奏更慢。在幕布旁边有一个小隔间，一男一女在这里配音。演员每动一下嘴唇，他们就会说一遍演员的台词，这给了我们一次上课的机会，练习说更多的话。电影里有那么几个出色的角色，一宗谋杀案，一个反面人物和一个被陷害的年轻女人，还有一场未遂的自杀，令人兴奋。然而，哪怕身边就有剧情简介，我还是没看懂讲的是什么。这些都是这里简单的娱乐。白天散步的时候，我们常常去一家寺庙。总体而言，那儿的人比寺庙更有趣，虽然有时候寺庙里的树被修剪得非常漂亮，带给人的宗教上的平静感堪比一座大教堂。显然，这里的虔敬之心和意大利乡间天主教有相似之处。这里的人要更天真一些——看看儿童神的神龛里献给神的玩偶、毛制的狗玩具和纸风车，旁边是神的草拖鞋、草凉鞋，还有一件临时放在那里的儿童和服，很是感人。有时候，一个母亲会剪掉自己的头发，挂在这里作为供奉。还有一些别的事，既幽默，也令人感到怜惜，比如将自己的祈愿都写在纸团里，在神像上贴满了纸团。因为这个缘故，有些神像现在都用铁丝网保护起来了。我现在对这儿的路非常熟悉了，能够分辨出大多数的商店，比如殡仪馆和修桶铺。街道之所以有趣，就是因为你可以到处逛，看到每一件事是怎么发生的。我忘了告诉你我在街上见过的最有趣的事情，那就是一个捕鸟人，他带着一条长长的、抹了石灰的竿子，就像是用竹子做的钓鱼竿，还带着一个有阀门的篮子，可以让鸟从阀门里进。此外，还有些别的物件。可尽管如此，我并没见到他抓到任何鸟儿。

星期天早晨，3月2日

今天很早就写信，因为我们要赶去镰仓。你或许听说过那里的大铜佛①——五十英尺高——对，就是那儿。一个朋友为我们安排了一次对谈，对方是全日本最知名、最有学问的住持——他属于佛教当中最富有哲学性的一派，禅宗。禅宗信仰简单的生活，多多少少有些禁欲主义，这

---

① 位于古都镰仓的净土宗寺院高德院内的阿弥陀如来青铜坐像，俗称镰仓大佛。大佛建造于1252年，净高11.3米，连台座高13.35米，重约121吨。大佛较平的面相、较低的肉髻和前倾的姿势等，具有镰仓时代流行的宋代佛像的风格，是镰仓时期的代表性塑像，被日本定为国宝。

一派在过去的武士阶层中有巨大的影响。镰仓就在横滨的那一边，是旧的幕府将军的都城①，有大量的历史古迹。

昨天，我向一个教师协会进行了初次演讲，配有翻译。这个协会总共有约五百人，大多数都是小学的老师。很明显的事实是，这当中只有大约二十五位是女性。到了晚上，我们享用晚餐，参加这个讲英语的协会的欢迎会。协会中有美国人，也有日本人，以后者为主。无论男士、女士，还是那些最普遍的社交事宜，都是我们曾经见过的样子。我们听说，这是东京唯一一处日本男人和女人真正按照一种自由的社交方式进行会面的地方。主席先生说，当日本人为社交而会面的时候，只要他们相互间说日语，那么就一定是缄默而拘谨的——至少在大家手持红酒相互走动之前。但是相互说英语会让他们找回过去在美国时养成的习惯，变得不那么拘束。这真是一个有趣的、针对语言的功效的心理学观察。

---

① 镰仓在 1192 年—1333 年是日本镰仓时代幕府的政治中心。这一时代的开创者是武将源赖朝（1147 年 5 月 9 日—1199 年 2 月 9 日）。

东京，星期二，3月4日

你们可能会吃惊，这个国家还是如此地不会装模作样。至少就我们的所见而言，是这样的。这儿有一种社会民主，但我们还不太知道。现在，全日本都在谈论民主，大家对它的理解主要是代议制的政府，而不是打破现有的政府形式。选举上的代表制现在似乎没有怎么被推进，如果有的话，也只不过是将那些纳税大户吸纳了进来。这样的人在任何体制下都将是形成政策的一股力量。投票权推广与否，是当前最大的争议话题。这个问题，以及对大众特殊教育的推广问题，对于即将上任的立法者们而言是转折点。在战争期间，日本冒出来了很多新晋的百万富翁，这些人已经在创办新的学校，满足人们职业方面的需求。四百四十名学生被派到了国外，国家提供的慷慨资助足够让他们在国外生活。这当中没有女人，在任何新的拨款中也完全没有提到过女人，甚至对女人的需求也一点没有提及。

昨天是这么过的：昨天是著名的女儿节。在早上，我给一个很可怜的外国娃娃做了件衣服，这是我找出来送给一个小女孩的。它完全就是美国式的。还有一个是对美国娃娃的可笑模仿，看上去有一半像是日本贵族。如果我能找到足够的布料，是应该再给她打扮打扮的，但是我就这样把她摆出来了。她们邀请我去参观她们的展览。有一些娃娃已经有两百年的历史了，是从她们的妈妈的家里传下来的。我会试着找一些关于这个节日的文献，因为要写起来就太长了。但是确实，一个人会很快对娃娃产生强烈的兴趣，这和我们美国娃娃僵死的样子不一样，这种工艺品代表着国民生活的各个阶段。小女孩们拥有了自己的娃娃，非常开心。如果我早一点知道这个，我就知道应该给日本人带什么礼物了，而不是像最开始那样无助。如果你们来的话，就带娃娃。

到了下午，我被带去了这个国家最好的一个藏品展，或者是最好的之一。这是非常棒的体验。对我而言，一开始是很痛苦的，因为我走丢了，从帝国酒店出发的时候就晚了四十五分钟。拥有这套著名藏品的家族非常古老，它的女主人是大名的女儿，因此这些娃娃也都非常古老。它们真的很精美，但更精美的是他们在家里用的那些旧式的漆器、瓷器和玻璃器物。小点心是用很小的盘子盛上来的，盘子则放在小桌子上。客人就坐在地上，女主人和她的家族为我们提供了整套的服务。我们品尝了一点清酒，是用米酿成的，从非常精美的小瓶子里倒到很小的玻璃杯里。我们为这一家人的健康敬了一杯，清酒确实很美味，其芳香只有蜂蜜可以媲美。在这些小点心之后，我们参观了茶室，然后被带到了房子外面，享用了真正的点心，有各式各样精美的蛋糕。茶是用杯子盛上来的，下面垫着茶托，茶托上装饰有梅花，现在也正是梅花初开的时节。随后，装茶的杯子被换下去了，装着超浓巧克力的杯子被端到了桌子上。对普通的椅子而言，这张桌子有些高。这里所有的洋房在造型上都特别难看，但是住起来却很舒服，是维多利亚时代中期的风格。男爵建议我们品尝一下几种特制的糕点，我们的肚子被填得满满的。有一款糕点被做成了很漂亮的粉红色的叶形，用樱树的叶子包裹着，这些樱树叶是去年就被保存起来的。这些叶子给糕点带来了一种芳香，也保护着糕点不黏手。还有三卷棕色的糕点，看上去就像巧克力——用签子串好了。在吃第一个的时候要把它整个地咬下来，剩下的两个就滑进肚子里了。单单这些就够得上一顿饭了，而且非常有营养。所有的糕点都是用豆馅制成的，或者就像是我们最饱满的面粉。第二顿饭吃完的时候，我们道别了。男爵和他的三个可爱的女儿，以及他的妹妹，将我们送到了门口。当载我们的汽车驶出去的时候，我最后看见的是男管家和三位可爱的女士还鞠着躬，温柔地说着再见。年轻女孩们穿的和服是羊毛织成的，有着最亮丽的色彩和设计，很符合我们对日本的想象。这些和服看上去就像是栽种着常绿植物的旧式花园，争奇斗艳地盛开着。

这座花园真是难以用语言来描摹。之前我会想象一座日式花园究竟会是什么样子，但是之后我才发现，它就是现实中的那个样子。这里地方很大，现在草已经发黄。大多数草坪上都覆盖着一层薄薄的松叶，松叶的尽头是一捆拧起来的稻草，有一种优美的弧形。在这里，对巨石的利用是最令人惊奇的。它们很有些年头了，布满了风霜的痕迹，有灰色的阴影，也有灰绿相间的阴影，还会伴有一丛灌木作为背景。最终的肃穆和简净会有一种古典之美。这种古典之美是我们追寻了好几个世纪的，唯有在消耗了大量原始材料之后才有可能获得。

随后我们去了 M 教授的家，享用晚饭。他的家里有六个孩子，最大的是个男孩，已经二十五岁了，毕业于帝国大学，现在是为政府工作的一位工厂巡视员。他能讲八门语言，其中一门是世界语，这是他的爱好。还有两位法国教授也在，是聪明而又有趣的一对人。他们的任务就是聊天，而年轻人比我们当中的任何人都讲得好，发音也非常出色。

他从没有离开过日本。两个小女孩和一个小男孩在饭后又出现了，很可爱地鞠了个躬，然后就跑去一张小桌子边，蹲下来，一整晚都玩着一种叫"Go"的游戏。这是一种很出名的藏球游戏（shell game）。"Go"意味着5，这是一种关于5的倍数的游戏。我还知道玩的人可以下364个棋子，以及是在一个扩大的方格棋盘上玩。除此以外，就不要再问我了。① 吃的和喝的源源不断地被端上来，我们直到接近十一点的时候才离开。日本人家里有非常好的酒，这是我们美国人没有的。他们的酒不见得能好过我们的顶级酒，但是他们还备好了很多种不含酒精的饮品，这一点令人愉快。除了这些之外，我们还喝了两瓶葡萄酒。

---

① 西方人所称的"Go"，就是中国的围棋。之所以称之为"Go"，是借用了日语中表示围棋的"碁"（ご）字的发音。杜威显然对东方的围棋不是很熟悉，将其错误地理解为西方的藏球游戏。藏球游戏的玩法是：三个或更多的不透明杯子，口朝下放在桌子上。将一颗球放到其中一个杯子下，然后迅速挪动所有杯子的位置。游戏参与者最后要判断球究竟在哪个杯子底下。此外，围棋棋盘当有361个落子的点位，而非364个。

关于晚饭，以下就是我所能记起来的了。在每一张餐盘旁边都有菜单卡，我幻想着这些卡片是留给外国人作纪念品的。不过，即便他们真有此打算，我还是忘了拿我的那张。我们享用了汤、两种面包，还有黄油。然后是鱼肉馅饼、去了骨的小鸟、配有蔬菜的吐司、干酪蛋糕配日式通心粉。这种通心粉和我们美国的有所不同。接下来是烤牛肉、非常嫩的肉片、马铃薯球、豌豆、肉汤，橘子汁之后还配有红酒。然后是美味的布丁、蛋糕和草莓。这些草莓是在户外生长的，它们被种在一排排石头的中间，这些石头都被人工加热过。我不知道到底是怎么弄的。竹架子使得藤蔓无法攀上石头。甜心奶油和草莓是一起盛上来的，之后是西洋式的美味咖啡。

晚餐后，我们从西洋风的会客室里出来，上楼，到了一间很大的日式房间，坐在炭火盆或者壁炉旁边。孩子们也来了。很快，茶也上来了。就在我们要动身回家的时候，他们又劝我们留下来再喝一杯。这次是非常甜的橘子汁，还有瓶装的水，非常好，是从天然泉水里采来的。日本人的一大乐趣就是看外国人尝试着就座，对于他们的这一乐趣，你们一定不会感到诧异。我能以一种笨拙的方式坐下来，但是当我处在这个姿势的时候就没法弯腰了。星期天那天，当日本最伟大的佛教住持在场的时候，我们坐了两个小时。如果你们自己也试着照这个姿势坐几分钟，哪怕像我们这样坐在软垫子上，你们也能够猜到我们有没有挪动身子，我们的脚是不是失去了知觉。稳稳地站起来是这当中最难的一部分。

东京，星期二，3 月 4 日

　　我们的朋友带我们去了镰仓。提前在旅游向导书上读相关的内容没什么意思，我觉得任何描述都不会有趣。但值得一说的是，在大约七百年前，第一位将军在这里定居下来，使这里成为首都，而现在除了佛寺，什么也没留下来。在去那儿的火车上，我们碰到了一位在大学里研究日本文学的教授，他去镰仓是因为马上将会是一位写诗的将军逝世七百周年的纪念日①，他要去举办关于这位将军的诗歌的讲座。同时，我们还碰到了好几百个学校里的孩子，有男孩，女孩，也有老师。他们趁着周末的时间来参观历史古迹。最大的一个、供奉着战争之神的寺庙就是一座博物馆，有着古代的剑和面具等。他们带我们去拜访了释宗演禅师②，日本禅宗的领袖。他讲了——也包括翻译的时间——大概两个小时，回答了关于佛教的问题，尤其是关于佛教内部的多样性。演讲很有趣。我们被引到了一

---

① 这里提到的是源实朝（1192年9月17日—1219年2月13日），日本镰仓幕府第三代征夷大将军。他是第一代将军源赖朝的儿子，母亲是北条政子。在参拜鹤冈八幡宫途中，源实朝被兄长源赖家之子源公晓所弑。源实朝是一位著名的和歌作家。他有九十二首作品被选编入日本和歌专集《敕撰和歌集》，有一首作品收录于《小仓百人一首》。在位期间，他编订了一部属于将军贵族的专集《金槐和歌集》。

② 释宗演（1860年1月10日—1919年11月1日），日本临济宗高僧。他生于福井县，十二岁出家，曾广泛游学，并在日本大力推广禅宗。1893年，他曾代表日本佛教界出席美国芝加哥世界宗教大会。弟子包括铃木大拙、夏目漱石等名人。杜威访日时，他正担任镰仓圆觉寺住持。

间日式房间，陈设非常精美，壁橱里有可爱的字画卷轴①——这是字画，而不是和服——还有一个五条腿的小桌子，用金属制成，镶嵌有珍珠母。此外，这间屋子的天花板上装饰有华丽而连续不断的蓝色和金色的菊花，五张丝绸垫子散放着，供我们就座，还有一张在屋子的尽头处，是供禅师坐的。大概五分钟后，另一扇纱门打开了，他穿着一件华丽但花饰极为简单的铜色长袍出现了。茶和海绵蛋糕也盛上来了——与此同时，交谈就开始了。我应当顺带提一句，当你看着他们席坐在地上，仆人必须要跪下来才能递给他们东西的时候，你会觉得仆人的鞠躬和下跪显得非常自然，而不是卑躬屈膝的感觉。禅师更像是一个学者，而不是一个修道者，不太过度讲究举止，但是不像我们的印度梵学家那样极不通达人情，相反，非常热情。当我们离开的时候，他感谢我们的到来，并且表达了自己因为能

① 卷轴，英语作"kakemono"，与和服"kimono"容易相混，故而杜威有此提醒。

结交一些朋友而产生的满足。他的谈话主要是关于道德的，但很有一种形而上学的意味，甚至有点难以琢磨，让人想起了罗伊斯（Royce）[①]。这次体验很有价值，因为他被誉为日本佛教里最博学、最有代表性的人物，而且正如我在之前讲的那样，百闻终究不如一见。在某个方面，他比罗伊斯更现代，他说上帝是人心中的一个道德理念，随着人的成长，神圣的法则也会成长。我们见识了那座巨大的、足足有五十英尺高的铜佛。从某种角度上，这是日本最为著名的事物了。再说一遍，你们应该来看看。它就像一座大教堂一样，会给人留下深刻的印象。

在我开始动笔写这封信之前，我们刚刚参加了一场晚宴派对。招待我们的主人似乎是一位全才——他是这一屋子的同龄人中的一位，是教育上的权威，是兰花爱好者，

[①] 杜威所说的是美国哲学家乔西亚·罗伊斯（Josiah Royce，1855年11月20日—1916年9月14日）。他曾任教于哈佛大学哲学系，是绝对唯心主义在美国最重要的倡导者。

还是一位画家，我不清楚他具体画什么①。同一桌有超过二十个人。当喝香槟、发表致辞的时候，他们祝我们健康。还有两位内阁成员也在。伯爵夫人是八个孩子的母亲，看上去却只有三十岁，就算是三十岁也是非常美丽的。在晚饭前后，还出现了三个，或者四个小女孩。如你们所期望的那样，她们落落大方、得体自然，和新一代的小女孩一样。毫无疑问，锻炼品性是日本的传统，即便是最活泼、最自然的小孩也非常讲文明。无论你们对日本人有什么样的看法，他们可能是这个地球上最讲文明的民族了，或者，文明得过了头。我问了你们的妈妈，这些女孩在什么时候会经历一个压抑的过程，将她们本来的生活夺走。你们的

---

① 综合杜威的描述，此人是林博太郎（1874 年 2 月 4 日—1968 年 4 月 28 日）。他毕业于东京帝国大学，曾在德国留学，后回国任教。他于 1907 年承袭伯爵爵位，于 1914 年至 1947 年被选为日本贵族院议员。而且正如杜威在后文中谈到的那样，他的第一位妻子园田峰子（1884—1909）是日本萨摩藩出身的外交家和企业家园田孝吉（1848 年 2 月 23 日—1923 年 9 月 1 日）之女。园田孝吉于 1918 年因兴办实业方面的功绩被授予男爵爵位。

妈妈说，永远也不会。

　　成濑仁藏校长今天早晨去世。鉴于他患的是癌症，真庆幸病魔没有折磨他太久。他是日本最知名的人之一。在他去世的两天前，天皇给了他的学校五千美元作为礼物——这是很大一笔钱，会推进女性教育的进程。谈谈招待我们享用晚餐的这一家吧。你能判断出我们的东道主是上流的贵族，因为当他们给我们展示女儿节的人偶时，有一些很精美的人偶是皇后赠送给伯爵夫人的。顺便说一句，这些人偶从没有被玩耍过——它们是被用于观赏的，是艺术和历史的结晶。这些小孩拿出了她们美国式的娃娃，有十个，都展示给你们的妈妈看。

3月5日

　　我现在已经举行了三次演讲。他们真是很有耐心的民族，还有很可观的听众，大概五百人左右。我们逐渐地认识了很多人，如果我能从准备讲座的工作中抽出两三周左右的自由时间，那我可能会了解到一些东西，但是像现在这个样子，我只能积攒一些印象罢了。毫无疑问，这儿正发生着很大的变化，这一变化能持续多久，在很大程度上取决于世界上别的国家如何行动。如果他们不能实现和平、民主的宣言，依旧还很强势的保守官僚和军人会说，你们看，我们早就警告过你们了吧！随后将是一场倒退。但是如果别的国家，尤其是我们美国，能够妥善地行动，这里的民主化进程就会如同预期那样，稳妥而快速地继续下去。

东京，星期一，3 月 10 日

昨天，我们第一次观赏了能乐。我们在上午九点以前就抵达了那里，我是在下午两点之前离开的，去参加成濑先生的葬礼。但是你们的妈妈在那里待到了大概三点，之后她必须去一个学校发表演讲。妈妈会比我解释得更好，但我想说的是，那儿的建筑是一种像谷仓的结构——极为伊丽莎白风格的剧院，没有什么舞台装置，除了一些货真价实的、低矮的松树和一棵画上去的、很大的松树，还有一些丰富多彩又价值不菲的戏服以及相似的面具。这是一种习得的品位，但是能够很快学会。如果这些道具不是以超凡的艺术和工艺做成的，那么在外国人看来，这些东西就可能是蠢笨的。但事实上，它们很迷人，虽然我很难讲清楚，除了技艺的完美之外，这种迷人的魅力还来自哪里。在日本，很明显有一种对精神的压制。这种压制生于日本，也长于日本。

成濑先生对人们影响很大，他的葬礼是一件大事——东京所有的汽车和人力车肯定都来了，有大概八个还是十个演讲者，即便对我这样什么也听不懂的人而言，印象也是非常深刻的。有一件很文明的事，演讲者在向听众鞠躬之前——听众也鞠躬回礼——先向成濑先生的遗体鞠了一躬。遗体在棺材中，置于台上，布有鲜花。鲜花的数量比美国葬礼的多。

今天下午，我们本来要去涩泽男爵那里享用下午茶和晚餐的，但是他的感冒演变成了肺炎。

回过头来讲讲星期六的事。欢迎宴会很开心，我们见到了一些在教会学校和学院里任教的美国人。就我所见，他们非常有知识，态度也很好。对传教士的批判似乎是被刻意编造出来的。此刻有一种针对韩国①传教士的骚动，因为那里有一种煽动独立的运动，而且似乎是从教会学校中的韩国人开始的。日本本地的传教士对此似乎在意见上有分歧，其中一些人责难韩国的传教士，说他们使得基督教在日本各地声名狼藉。而另一些人说，这恰恰证明了基督教的教导变得重要了，有利于推动现在的境况，导入外国的批评和公共舆论，从而促使日本人修正他们的殖民政策。这种殖民政策更像是在军方的支配之下，而不是在文官的管控范围内。有传言说，韩国的前一任国王不是自然死亡，而是自杀的，为的是延缓甚至阻挠他的长子与日本公主的婚姻——他们本来很快就要成亲了。似乎没有人知

---

① 1910 年 8 月 22 日签订的《日韩合并条约》使得日本完全吞并了朝鲜半岛，原先的大韩帝国灭亡，日本的朝鲜总督府成为统治朝鲜半岛的机关，这种状况一直持续到日本在第二次世界大战中战败。这一时期在历史上被称作"朝鲜日治时期"，但韩国民众的反日运动一直在持续。1919 年 4 月 11 日，流亡在外的韩国人在中国上海的法租界成立了大韩民国临时政府。基于这一历史，杜威所谈到的"Korea"，本书均译作"韩国"。

道，这是被编造出来鼓动韩国国内革命的故事，还是确有其事。与此同时，他们说，婚礼马上就要举行了，日本人为他们可怜的公主感到可惜，她被牺牲掉，嫁给了一个外国人。①

星期四的晚上，妈妈邀请了 X 先生和一些别的人，包括我们自己在内共计八个人。大家在一家日本牛肉店共享

---

① 1919 年 1 月 21 日凌晨，大韩帝国皇帝高宗李熙突然病逝，原因未明。早在 1917 年，日本山县有朋公爵即挑选梨本宫守正王的女儿方子作为高宗长子李垠的妻子。高宗曾向日本提出希望婚礼在朝鲜举行，遭拒。日本原计划于 1919 年 1 月 25 日举行婚礼，但因为高宗之死，婚礼被延迟。另外，高宗之死也促发了韩国的"三一运动"。日本方面称高宗因脑溢血病逝，并宣布将在 3 月 3 日为他举行"国葬"。但韩国民众普遍认为高宗是被日本人暗中投毒致死，全国各地群情激愤，纷纷酝酿大规模的抗议示威活动。3 月 1 日，数万名韩国民众聚集到京城塔洞公园。学生代表宣读完《独立宣言书》后，群众情绪激昂，高呼"独立万岁"等口号游行到停放高宗灵柩的德寿宫。不断有群众加入到游行示威的队伍里来，到下午 3 时参加游行示威的群众已达 30 万人。同一天，在朝鲜半岛多地也爆发了示威活动。"三一运动"很快席卷朝鲜半岛。从 3 月 1 日到 5 月 31 日的三个月期间，朝鲜半岛超过 200 万的群众参加了上千起反日示威和武装起义。但是到 1919 年年底，在日本人的疯狂镇压下，"三一运动"最终失败。

晚餐——日本的餐厅都是专门化的——在那里我们不仅坐在地上用筷子吃饭，而且一小片一小片的生牛肉是裹着蔬菜，被撒好香料，在一个炭火盆上的小锅里煮的。每两个人共用一个炭火盆。毫无疑问，这顿饭很有趣，是一次室内野餐。

哦，对了，星期五的时候也发生了一些事。我们早晨去了帝国博物馆，馆长先生带着我们参观——我这里就不描述这家博物馆了——但是在回家的路上，我们被带去了一家烟斗店，妈妈买了三个小小的、日本女式烟斗带回家。烟斗非常精巧，店主人说这是他第一次卖东西给一个外国人，因此他给了她一个女性用的小烟草袋和一个烟斗架作为礼物。烟草袋是用亚麻布制成的，虽然不是什么昂贵的东西，但是可能和她买的东西差不多价钱了，更不用说肯定超过了店主人能从这场买卖里挣到的利润。这些物件非常动人，足以弥补他们拙劣的商业手法，因为这真是一种对于外国人的热忱的礼貌。尽管他自己也说，他们在卖古董给外国人的时候常常都会提价。

东京，星期四，3月14日

我们刚刚享用了一次清淡的晚餐。你们的妈妈有一点感冒，因此仆人上楼将她的晚饭端给了她。出于礼节，也给我端了一份。你们的妈妈拿出了一本讲日本短语的书，给她们念了几个短语，看着她们咯咯笑得弯下了腰。没有什么戏剧比这个更可笑的了。当我吃下最后一口的时候，我问了这道菜的名字，然后念了一遍，再说了声"沙扬娜拉"① ——日语的晚安。这个陈旧的笑话是我的幽默感的胜利。她们是天性非常好的人。我看到了一群小孩从旁边的

---

① 即日语的"さよなら"。译文借用的是徐志摩的汉语音译。

一家公立学校里出来。除了天性很好之外，这些小孩也没有斗殴，没有争吵，我还真没见到孩子之间以大欺小或者相互嘲弄。他们都是很健壮的小家伙，没有受到父母的溺爱。看着一个十岁或者十二岁的男孩玩着捉人游戏，背后绑着一个人还能跨过壕沟，这真是一道风景。日本人对于这些孩子，至少在公共场合，不会有公然的制止、责备，甚至没什么气话，更不用说掌掴、呵斥之类的了。有人会说，这些孩子之所以没有受到责备是因为他们是好学生，但是不难猜想，原因不在这里。不过必须承认的是，既然每个人看上去都很和善，他们也很关注愉悦和礼节，那么孩子们面前就不存在什么坏榜样。有些外国人会说，这种和善是非常表面的，但是，即便按我们自己的标准来看，说这些话的外国人自己就不太有礼貌。无论如何，就算是表面的，也比没有好。只要有，就算是好的。然而，日本人也说他们的礼貌只用来对待自己的朋友，以及自己熟识的人。他们对陌生人未必就给坏脸色，而是根本不关注陌生人，更不会逾越自己的底线帮陌生人做什么事。

Letters from China and Japan

我又和那个在妈妈买烟斗的时候送给妈妈小礼物的老板聊了聊。昨天我们又去了那一带，妈妈再次光顾了那家店，买了另一个烟斗，并且向店主人恭维了一番，说人们都怎么评价那件礼物的。最后，店主人站起身，拿出了另一件更值钱的烟草袋，有点破旧，是那种演员现在在剧场舞台上用的类型。店主人开了个价，妈妈自然是尝试着拒绝，但是没能拒绝掉。店主人通过与我们同行的朋友告诉她，他非常喜欢美国人。既然都扯上了国际事务，那么这个烟草袋也就必须接受下来了。现在，我们得想着给他送点什么礼物。我们给几个在这儿的美国人讲了这个故事，他们说还从没听说过这样的事。

　　今天早上我们要去伯爵夫人的学校赴约，他们要给我们展示什么东西。妈妈感冒了，我们借用了别人的电话，试试看能不能变更时间。今天下午就冒出来一些可爱的百合花和孤挺花，是给妈妈的——是那些我们没能见成的人们送过来的。从我反复谈及这件事的程度上，一个弗洛伊德主义者可以很容易地推测出，我们的礼数是多么不周啊。

我们在一家日本餐馆吃的晚饭。这是一家专门做鱼的餐馆,我们自己烹调的鱼和蔬菜,但是这一次用的是天然气,而不是炭火。然后我们吃了点小菜、鱼和小龙虾,都数不过来。服务的小工不是给你一张菜单条让你点,而是给你拿一个很大的托盘,上面有各种食物的样品,你就可以自己选了。其中之一是去了一半壳的鲍鱼,还是幼仔,就像我们吃的蛤一样,但是没那么硬,更不用说没有那些大鲍鱼硬了。我没有品尝那种炸的大鳐鱼以及别的一些奢侈菜品,只是远远地观望犹豫。当你们有闲暇的时候,一定要来用筷子尝尝带壳的小龙虾。你可能得借助某些比筷子还古老的东西[1],就像我一样。这家餐馆非常平民化,虽然它因为在做鱼时用的独家秘制调料而远近闻名,但是它也比别家贵很多——很可能是因为我们要了很多小菜。另一家餐馆,八个人吃还不到五美元——很好的食物,任何人都能来吃。

---

[1] 这是杜威的幽默,其实就是用手。

东京，3 月 14 日

　　早餐的仪式结束了。我再一次表示遗憾，你们不能参与到这些日常的节日中来，这些节日给生活平添了不少高贵感。我们现在都在女仆的帮助下学习日语。我忘了去参加一家私立幼儿园的女儿节，这导致——今天早晨，那些孩子寄来了一张明信片，还有很多他们自己做的礼物，都是人偶娃娃。有一些我会寄回家，因为很有趣。与这些礼物一道，他们还说："我们做了蛋糕，准备迎接你们的到来，然而你们没有来，我们很失望。请一定另择时间再来。"我很确定，全世界再没有像这样的国家了。他们的语言是一种不可能的语言。旅游向导书里给的语句例子是男人们说的，因此当我说出那些语句的时候，女孩子们简直都乐坏了。她们告诉我，如果想要像女性那样以一种更精致、更礼貌的方式讲话，我应该怎么说。① 那个时候，我被打败了。这是一个很有趣的游戏，显示出他们关注着我们的每一个咬字，从而试图表达出更多的意义。他们所做的每一件事都充满着最友善的态度，而每一个动作举止都是充满友谊的。

这是今天的日程：去一些传教士的家里吃午餐，然后是爸爸今天下午三点半的演讲，随后是参加曾留学芝加哥大学的学生们的晚餐。明天对我而言是自由活动日，小秘书会带我去购物。那个很大的百货商店是一个时尚之地，所有那些出身高贵的人、有钱人都在这里买和服。我之前尝试着买了件二手的，这次可能添置一件新的。当我去东京的时候，希望能找到一件真正的旧和服，因为新式的剪

---

① 日语中的许多措辞会依据年龄、地位、性别等因素的不同而不同。女性的措辞更趋复杂、婉转。

裁受到了外国的影响。前几天，在 Y 的陪同下，我们找到了一家很小的古董店，看上去就像宝石一样。店主是一位老先生和他的夫人，Y 说他敢打赌这两位是武士，有着真正高贵的礼节，而且为了美观，他们的小店被精心布置过，就像自己的家一样——确实如此。我曾经打坏过一个九谷烧[①]的盘子，因此想要在那儿买一个。但是他们没有。我们看了看他们的东西，有许多的碗。当我们离开的时候，我们表示抱歉，打扰了他们却什么也没有买。他们回答道："请原谅我们没有客人您想要的东西。"

明天，我们会去一户邻居那儿，和非常聪明有趣的一家人（是一位教授的家）吃午饭。没有邀请女性，至少没有已婚女性，其中一个原因是所有人都担心他们的英语。我正在学着接受，这儿是什么样，就是什么样，不破坏他

[①] 九谷烧是在日本石川县金泽、小松、加贺、能美等地生产的一种彩绘陶瓷器皿，因发祥于九谷而得名。这种陶瓷可追溯到 17 世纪中叶。九谷烧的独特风格，是其豪放明快的绘画线条，颜色有绿、黄、红、紫、藏青五种。

们的礼节。我也不知道这是不是最好的方法。上周二的婚礼是我所见过最有趣的。结婚仪式是中国式的，来客们代表了这个城里的富人和新潮人士。所有的女士都穿着黑色绉丝的和服，是非常名贵的绉丝，很沉。和黑色配在一起的是一种纯白色的、柔软的中国丝绸，然后还有第三种亮丽的颜色。K穿的和服是一种明亮的朱砂色。她的袖子不是很长，因为她已经是做妈妈的人了，但是年轻女孩穿的都是很亮丽的和服，袖子很长，都快碰到地面了。新娘穿的也是黑色的。所有这些穿出来的和服都有色彩的点缀，有时候有刺绣，有时候则是在前面的低处染上颜色。新娘的衣服延伸开，绕着她的身子铺向地上，就像旧照片里的一样，上面深深地绣着玫瑰色的牡丹。她的黑色内衣和衬里也点缀着玫瑰色。她的头发被盘成了旧式的传统发型，就像一些印刷品上的样子，很多长长的龟甲制的簪子，末梢上雕刻着小花簇成的花束。簪子长大概三英寸，构成她头上的一顶王冠。招待晚会的流程是这样的：第一，新郎的父亲；第二，新娘的母亲；第三，新郎；第四，新娘；第五，新娘的父亲；第六，新郎的母亲。他们站成一排，就像旧照片一样。新娘被安排得很恰当，能和新郎传递目光。每个人经过的时候，他们都站在一条线上立即鞠躬，但是不会挪动自己的手或者眼睛，也不会折到他们完美的服饰。不幸的是，我忘了和那位穿着欧洲服饰的男子说话。然后，我们走进了两间很大的屋子，所有的男人都坐在其中一间，抽着烟；另一间则是女人的屋子。那些认识我的人很友好。伯爵夫人 H 向我介绍了伴娘们，她们都尚未婚嫁，是新娘年轻的姐妹或者亲戚，都穿着最亮丽的和服，刺绣和装扮极为奢华。她们看上去就像是鹦鹉，或者孔雀，或者伊甸园，或者蓝鸟，或者任何能想象出来的可爱的色泽。与此同时，宾客们穿着黑色制服，配上很亮眼的纯白色礼帽，形成了一道完美的背景，完全没有我们国家一旦各种色彩、形状和材质混到一起之后就会有的杂乱感。茶也很精致，在喝茶的时候，大家坐在桌子旁，两家人合坐在一张长长的、一直抵到房间尽头的桌子旁。新娘现在则穿着一件绿色的和服，同样很亮丽。大概离她两英尺远的地方坐着新郎，他们两位都坐在这张长桌子的中间。

东京，星期四，3 月 20 日

　　这一周我们有好多社交事务。星期二的晚上是 H 将军，他不说英语，但是出于对我们的信任，在练兵场的花园里给我们办了一场晚会。否则，我们是进不了练兵场的。来了大概有二十五个人，大多数都是基督教协会的人，前一天晚上与我交谈过的日本教会的牧师也在。他很热衷于在日本导入更多的民主，然后我谈了谈民主的道德意义。好吧，这个花园完全不是一个我们意义上的花园，而是一个公园，是东京除了几个帝国公园以外最棒的一个。这与我们所知道的小型的日本庭园完全不同，颇具规模，里面完全没有那种精巧的小型仿制品，相反，充满着大型的仿制品。正如你们所知道的那样，过去园艺师的风尚，就是按照缩小的比例，仿制一个在别的地方很出名的景色。昔时的大名，在两百年前造了这个庭园。他非常仰慕中国，重造了几处著名的中国景观，还有一处仿自京都。这里的绝妙之处就在于它在一个狭小空间中容纳的多样性。给他们一个中央公园，他们就能重造一个地球，里头包括得下阿尔卑斯和爱尔兰海峡里的风暴。每一个细节都被考虑到了，所有的一切都经过精密的计算，每一块小石头都有其自身的寓意，而一个野蛮人只能肤浅地观赏其景色。唯有像研究一件大师的杰作那样去欣赏，才能完全地领悟它。阿森纳式的工厂烟囱毁了很多这样的古树，许多这样的壮丽景色都消失了。

你们的妈妈或许已经写信告诉你们了，有一个年轻的日本女子要去纽约学习，在她的关照下，我们会和她乘同一艘船。今天，又有一位年轻女子到访，说她想要回美国。关于这个想要和我们一起回美国的女子，Y 先生告诉我们，我们得小心。有一次，他的妈妈出国的时候有十七个朋友想要陪她一块儿去，但她只挑了其中三个人。你可能不理解一个事实，去美国学习，实际上就意味着放弃婚姻，当她们回国的时候就会变成老女人了，谁也看不上——而且，那些曾经在美国待过的人没法心平气和地接受安排给她们的婚姻。我昨天听一场演讲时，就有人指给我看，一个接近三十岁的日本女性，要嫁给一个在日本的美国建筑师。固然存在例外，但这却明显是一桩远近闻名的罗曼史。演讲是关于神道的社会层面。神道虽然不是日本的国教，但却是官方的信仰。虽然说起来这肯定是不科学的，但是没谁会说。我的意思是，人们假定它在科学上是正确的。最有趣的一件事是，大家都被警告不要出版任何说过的东西。同时，帝国政府是神权政治，这是最敏感的一面，因此是不能随意从历史角度对古代文书进行批评或者分析的。祖先是神，或者说，神是祖先。一个做官的绅士坚定地认为，神圣的祖先一定在某个地方留下了自己语言的痕迹，因此他调查了古老的神社，非常确信自己在一些横梁上找到了一些有别于汉字和日本字的文字。他复制下这些文字，作为原日本语展示出来——直到几个木匠看见了，然后解释说，这只是很常见的建筑记号罢了。[①]

---

① 这种文字符号被称作"神代文字"，多见于日本神社。早在江户时代就有一些日本学者提倡此说，将这种文字视为中国汉字传入日本前，古代日本人所使用的文字，以此表明古代日本文化独立于中国文化。此说在明治时代更是不乏拥趸。但正如杜威所言，其真实性一直受到怀疑。今天的语言学界普遍将此视为一厢情愿的臆说。

镰仓，星期四，3月27日

这里的天气比芝加哥更多变。星期一，在午夜时分，是暴风雨；到了第二天早晨，我们起床的时候，则是我们体验过的最晴朗、最温暖的一天。我们没有披外套就出去观光了。木兰正盛开着。昨天和今天则和别的地方一样阴冷。如果不是因为风的缘故，昨天晚上可能有霜呢。毫不奇怪，结核病在这里高发。

今天早上三位大学教授来拜访了我。他们希望安排好我们在这里的每一处细节。我感觉我都被问了二十次，问我要在镰仓待多久。当我说我不知道的时候，可能是因为天气还是什么别的原因，他们都说，"好的"。然后五分钟以后他们又问同样的问题。他们想要安排好每一分钟的细节，我弄不明白，他们这是提前为自己考虑，还是认为我们在这里是孤立无援的外国人。我想，可能两者都有。但是他们不明白，一直到动身去中国之前，我们没法针对行程中的每一件事都给出一个完全准确的信息。与此同时，我从没见过谁像他们那样大幅度地改变自己的计划安排，尤其是社交方面的。

现在，有一场很大的反美运动，似乎主要集中在报纸上，但是多多少少受到人为推动，大概是军国主义分子。他们在过去几个月里失去的威信比过去几年里失去的都多，与之相对应的是自由主义情感的升温。他们常常觉得应该做一点什么，以恢复自己的威信。批判美国是一种最简易的方法，从而遏制自由主义的感情，进一步为一个强有力的军部摇旗呐喊。这就好像我们反对英联邦一样。关于种族隔离的讨论在这里非常热烈，大部分都是直接反对美国的，虽然澳大利亚和加拿大都有种族隔离，虽然中国人和韩国人事实上也被禁止向日本移民，而且他们对中国人的隔离程度远胜于我们对日本人的隔离程度。不过，在任何一个国家，政治都很难保持一致性。除了种族隔离这一问题外，一个外国人在和日本人接触的时候只怕很难感受到报纸上反映出来的那种反美情绪。如果英国和日本的同盟关系因为国际联盟或者别的原因而失效，那么美国就会被视为罪魁祸首，即便造成这一后果的根源在英国身上。两年前，这里也有一场类似的反英运动，而且在战争方面的所有事宜，日本都和同盟国英国有过艰难的谈判。现在，德国和俄国都退出了，英国没有明确的理由要和日本搞到一起，整个形势都逆转了。这些都使得他们对美国的攻击更愚蠢了，因为他们在国际上本来就够孤立的，即便他们因为在俄国问题上的共同利益以及一些财政方面的原因，和法国走得很近。

东京，星期五，3 月 28 日

　　明天，我们又要去一次镰仓。从这儿到镰仓只需要一个半小时，我们还要去那儿的山和温泉街看看。但是樱花的花期大大提前了，较之于往常早了十天，我们担心，如果走得太远，在我们离开的这段时间内樱花自己就绽放了。因此，我们很可能在数日之后就回来，大概一周的时间吧。然后我们可能会去京都，在那儿待五天，去看看伊势神宫①。这是日本最为古老、最为神圣的神社，是他们表达对

---

① 伊势神宫位于日本三重县伊势市，其中祭祀着日本神话中的天照大神。

国家祖先崇敬之情的重要场所。说到祖先，你们应该记得我们曾经提及过的伯爵先生吧。他的第一位夫人的父亲近来被授予男爵。议会结束后，伯爵动身去了南方的岛屿①，那里埋葬着他的第一位夫人。伯爵此行是为了向这位夫人的祖先汇报那些关于他们家族的流言中的重要实情。作为贵族出身的、最年迈的自由主义政治家，虽然与已故天皇非常亲密，但表示不会出席庆祝明治宪法颁布的年度纪念大会②，因为他耻于立宪主义近年来毫无进展。他说除非能有什么进展可以汇报，否则他无颜面见自己已故的主人。他耻于见天皇，因为他觉得自己仍然对天皇负有责任。通灵术师在日本是没法谋生的，因为这些人显然就是过去的灵媒。

　　我们最近总是吃饭比较晚。昨天和今天，我吃了两次日本菜，都是用的筷子。昨天是在一家餐厅享用的午宴，

---

① 也就是鹿儿岛。

② 日本的明治宪法于 1889 年颁布，因此 1919 年正是宪法颁布 30 周年。

好多吃的东西，你们连见都没见过，更不用说吃过了。晚饭则是在一位朋友家吃的，有十二道菜，饭后还有两三道点心——这还不包括茶。今天的晚饭与之前基本一样。菜单是写在扇子上的，只有日文，此外，还有几个小巧的银色盐瓶作为纪念。两顿晚饭都有一个特点，那就是上了三道汤，一道在开始，一道在中间，还有一道在快要结束的时候。因此，饭是快要等到最后一道菜的时候才上来的。然后，附上了两道半汤半饭的菜。我能吃生鱼片，没什么问题。星期天是在一家专门以鸟禽为食材的店里吃的午饭，我吃了用海苔卷起来的生鸡肉。鲍鱼是我最喜欢吃的，我们吃的贝类食物中，可能有一些是大鳐鱼。

到目前为止，我们待在这里已经超过六周了。如果稍做盘点，可以说，尽管我们参观的景致可能还不及某些只在日本待了六天的旅客，但我认为，我们比大多数在日本待了六个月的美国人看到了更多在日常家庭状态下的日本人，我们也和大量的日本人有了交流。其数量之大，非比寻常。这当中不仅仅有官方的群体，更有一些具有代表性的自由主义知识分子。关于日本的现状，较之于来之前的设想，我见得少，但发现得多，这和在欧洲的旅行经历完全相反。等我回来的时候，我会试着见一些官方人士，因为我现在懂了不少东西，足以判断他们会讲什么。总体而言，美国应当为日本感到遗憾，或者至少是感到同情，而不必感到畏惧。我们美国也面临这么多的问题，因此不能说他们的问题更多。但是，毫无疑问，他们在处理自己的问题时，能动用的资源、原材料和人口都比我们少，而且他们仍然处在处理各种问题的初始阶段。对他们而言，非常不幸的是，他们如此迅猛地跻身于国力一流的国家之间，以至于在许多方面都毫无准备。对日本来说，要适应他们现在的地位和国际声誉是非常困难的一件任务，在这种压力之下的日本甚至有可能会破裂。

东京，星期二，4月1日

日本人做了一件事，是我们应当好好效仿的。他们在学校给孩子们上了很好的一课，是关于礼貌和友善地对待外国人方面的优雅和责任感的，比如当客人到了你家里的时候应当怎么做。这增加了整个国家的文明程度。

昨天，天皇外出，正好让我碰上了。对我而言这是很有趣、很幸运的体验，对他来说也没什么损失。其实，直到我正好在街上遇上他之前，我都不知道他出来了。我和一个朋友一起，就像平时那样，下山去取车。在车辆穿行的街道的一侧，我们走过横跨水道的大桥，然后转一下，走到我们停车的道上。当我们走到大桥的那一端时，街道两旁所有的人都集结为很安静的队伍，有三个警察小心翼翼又很绅士地按照每个人的身高给他们排位置，让他们尽可能地都能看见。于是，我们也排到队尾。警察带着鼓励的态度看着我们排进了队伍里。没有人大声讲话，当我看见我的朋友在和一位官员交谈时，我大着胆问，为什么我们要站在那里。她同样悄声地说："天皇陛下要途经这里，去参加早稻田大学的毕业典礼。"好吧，这吓了我一大跳。否则，我觉得自己要一直等到见着马车上的菊花家徽① 才能明白发生了什么。我对她说："他会怎么来，坐汽车？我们会在这里站多久？"关于如何清理道路，沿路的门要关上几个小时，车辙上要撒白沙这一类的故事，我知道好多个版本。"不，"她说，"片刻而已。"到这个时候，我才明白了，她不会跟我讲太多关于天皇的流言蜚语。于是我靠着前面一个大概三岁多的小孩，和别的学校小孩一起等。很快，队伍来了。首先是一匹身着纯卡其布服饰的马，然后是

---

① 日本皇室以菊花为家徽，称作"十六瓣八重表菊纹"。

一个长得很有日本特点的男人，坐在一个干净而闪闪发光的小维多利亚马车（Victoria）① 的后座上，马车门上有菊花家徽。他也穿着卡其布制服，与军队的其他人一样，头上戴了顶帽子。然后来了不少发亮的小维多利亚马车，都是一样的，由两匹马拉着。我尽最大的可能伸长了脖子，很清楚地看到了中间座上的那个小个子男人，他端坐着，愉快地看着前方。在车队行进过程中，我问："谁是天皇？"有人回答道："第一辆马车上的人。"即使是这样的时刻，依旧体现出完美教养造就出来的安静。接下来，经过的是骑在马背上的很精干的小士兵。我在桥的这一头再站了一会儿之后，就开始随着一小群人流，向我们的车子那边走去。天皇走的是相反的方向。过了一会儿，我说："我之前不知道天皇要去毕业典礼，而这一切是这个样子。"我又说了一会儿，我的随行者也用她平缓、端庄、平静的

_____

① 维多利亚马车是一种原产于法国的高级马车样式，在 19 世纪的欧洲富人中极为流行。

语气说："这也是我第一次见到天皇。"我说："就是这个样子？"我还问了一些别的问题。我仍旧感到诧异的是，没有谁喊"万岁"，也没人发出什么声响。直到今天我才知道所有的人都是目光朝向地面，我是唯一一个看着天皇的人。他们对天皇是如此的敬畏，这也是为什么我甚至都听不见他们的呼吸声的原因。此外，早稻田大学是一所崇尚自由主义的大学，也是私立大学，因此在知道天皇是去参加学校的毕业典礼，而且他每年都会去之后，我颇感诧异。你们可以看出来，我很幸运，我伸长了脖子并非有意冒犯，而且我确实看见了天皇。

皇家的游园会（The Imperial Garden Party）[1] 将在我们离开东京后的一周举办。所有三等爵及其以上的贵族，帝国大学的所有教授，和所有新近来日的外国人，都被邀请参加这个聚会。因此一个外国人能去一次，而且仅一次，

---

[1] 游园会是日本天皇和皇后主办的室外聚会，邀请的均是日本社会各界名流。其源头可以追溯到 1880 年举办的"观菊会"和 1881 年举办的"观樱会"。

除非他成为一名帝国大学的教授。我们在知道这件事的精确细节之前就将自己的名字写在了大使的邀请簿上。现在我们知道了我们只能去一次，之后就再也没有机会了。如果我们收到了邀请，自然是日方希望我们出席。因此，我们要取回我们的出席申请，因为游园会是在 4 月 17 日，而我们 15 日的时候会在京都。我们运气好，一位男爵的女儿，是皇家内务的成员，邀请我们明天随她一起去看看皇家庭园，游园会就是在那里举行，我们可以更好地参观一下那所庭园。这所皇家庭园是皇子的花园之一，不是在天皇居住的皇居的护城河后面。似乎，秋天的观菊会也是在这所庭园。但从来不会在护城河围绕的皇居里面，也没人能进去，除非受到正式召见。皇居的护城河和围墙是很可爱的，但是如果你们想要听到一点相关的描述，可以读一读旅游向导书，我在此不和你们啰嗦了。护城河上的围墙是封建藩国的劳动者修筑起来的，就像所有类似的劳动者一样，他们不遗余力地将其修得极为精美。一些护城河在很久之前就被填平了，但现在还有三段。在某个时段，你能穿过外墙进到里面走走，看看那雄壮的大门以及庄严的卫士。在这些庭园里，空气很新鲜，小鸟在树上啼鸣，而城市的灰尘似乎也不曾进入。

今天晚上我穿的是日式短袜，这种精致的五个脚趾都分开的小短袜并不合我的脚，但是这也比毡制的拖鞋好，每次爬楼梯的时候拖鞋就掉。事实上，我在屋子里只穿很普通的家用拖鞋，但其实不穿更舒服，因此每当我们从外面回来的时候都会脱掉它。真的，日本人比我们干净。我有没有给你们讲过日本的木桶浴？他们每天晚上都为我们准备木桶，盛着超过三英尺深的热水，非常热。这里的水是从水龙头里流出来的，但是在镰仓，木桶底端是炭火盆，水是用小桶往里倒的，每天晚上都会被重新加热。整个晚上我好像都在表示抱歉，以前在国内这么多年，还从没享用过木桶浴，现在为了会用这个东西而搞得大惊小怪，而这些物件就摆在那里，仿佛这里的山一样古老。但我们会用炭火盆来取暖和做饭，这倒是可以弥补一下。

我们已经学会很好地用筷子吃饭了，这也不是特别难。

我在这里遇到的主要困难是这里的人吃得太快，这个国家还不知道什么是细嚼慢咽。而他们精巧的烹饪方式则是可以介绍给纽约的，使之平添一点可爱的色彩。过去几天，我们才进行了欧洲人意义上的"观光"，整天在城里到处跑，买些小物件，到了晚上再回到这个完美而舒适的家里。这是日本之行的一个特别大的好处，与欧洲之行大不相同，那一次所受到的粗暴对待让我们极为扫兴。

这个国家最了不起的演员就在这里。他出身大阪，名字叫作雁治郎，我们订了一个星期四的包厢。这出戏在纽约演出过的，叫作《武士道》。在日本上演的比在纽约上演的更长。戏的名字另取了一个，演得也完全不一样。星期天，我们还要去看能乐，如果没有好的票，我们就去剧场，在那里所有的角色都是女性扮演的。在日本，公司里通常只有男人上班，这样的剧场也算是一种抵消了。那些扮演女性角色的男人则给自己化了很好的装。他们每时每刻都像女人一样生活、穿衣、行动，这样才不失其艺术感。只有当他们站出来摆姿势的时候，才掩饰不了他们是男人这一事实。这出戏是下午一点开始，持续到晚上十点。茶和晚饭是被盛在小漆盒里送到包厢的。雁治郎每一幕都会登场，足足八个小时，这样你就能看到演员的艺术功力。戏服非常好，但是这些演员并不是简单地趾高气扬地走步子，加以张扬。他们要靠表情来获得成功，他们的念白也深受此影响，这样一来，他们的演出较之这个世界上的任何一种别的戏剧流派都更依靠演员的整个身体。据说，最好的演员，就像我们要去看的那样，即便你见不到他们的脸，他们也能够用自己的背脊和腿的动作传达出任何感情。

东京，4月1日

我们近来的活动是各种各样的。上个星期，我们在镰仓待了三天，如果算上往返就是四天。镰仓在海边，在夏天和冬天的时候，对日本人而言是很棒的度假胜地，周末的时候酒店里也聚集着度假的欧洲人。到了夏天，外国人去爬山，日本人则去海边，很大程度上是因为孩子们在海岸上有更多乐趣，还有一部分原因在于登山是一项需要经验的趣味活动。镰仓比东京温暖十度左右，因为它受到了山的庇护。

豌豆开花了，樱花也绽放了。然而，当我们去的时候，镰仓很冷，而且有雨。只有一天例外，那一天我们就挤入人群之中看风景，甚至都有点累了。你们的妈妈和我正赶着在离开镰仓和观赏完风景之前补完所有的拜访。今天，我们去了一家店，他们出版了非常精美的日本旧艺术的复制品，其中包括一些日本人所收藏的中国古画。在我看来，这比那些彩色印刷的复制品更值得买，虽然我们购买了好多后一种复制品。在日本，有很多战争催生出来的百万富翁，许多旧日的地主眼下正在售卖他们的财宝。我觉得其中好些东西，即便对美国人而言，也索价过高。过去的大名家族明显有很好的商业头脑，充分利用了市场的优势，虽然也有一些大名家族度日艰难，并因此卖掉了更多的旧藏。一周以前，我们去了一个拍卖场，有一大票收藏要拍卖，都是货真价实的旧物，比古董店里展示出来的好太多了。这周末，又有一场某侯爵的大拍卖。然而，也有人说，他们把最好的东西留着，倾销给新晋崛起的富人。不过，拍卖场里的东西已经相当好了。

1948 年，永野芳夫在中和书院出版《杜威传》（デューイの傳記）一书。
书前附有杜威在日本期间的照片。

　　我还没有写到的另一个体验是去见识柔道。[①]这位伟大
的柔道专家是一位师范学校的校长，他为我准备了一场特
别的专家展示，提前为我讲解了每一部分的原理。这是星

————————

① 杜威去拜访的是嘉纳治五郎（1860 年 12 月 10 日—1938 年 5 月 4
日）。嘉纳治五郎是柔道教学机构讲道馆的创始人，被称作"柔
道之父"，也被称作"日本体育之父"。当天作陪的还有当时东
京帝国大学哲学系的学生永野芳夫。他聆听了杜威在东京帝国大
学的演讲，日后任广岛大学教授，并于 1957 年成为日本杜威学
会的第一任会长。

期天的上午，在一家很大的柔道馆里进行的。还有很多成对的选手，在"自由"练习。对我的眼睛而言，他们太快了，我还没看清每一个动作，有人突然就被扛到了某个人的背上，然后被摔到地上。这真是一门艺术。教授采取的是旧式的练习方式，并且再加以研究，发现了其中的机械原理，然后设计出一套分阶段的科学锻炼方式。这套系统并无太多诀窍，但是它建立在基本的机械原理之上，是基于对人体平衡的钻研，研究了人的平衡是如何被打破，如何恢复，以及如何利用他人重心的转移。在这里，学生被传授的第一件事就是如何不受伤地倒下，仅此一项就值得嘉许。这应当在我们的体育馆里也被传授。这并不是户外游戏的一种很好的替代品，但我想这比我们大多数正规的室内体操都要好。这当中的精神因素更重要。简而言之，我认为应当从意志控制的角度对此好好进行一番研究。请告诉亚历山大先生，从图书馆里找一本哈里森先生——他的同胞——的书，叫作《日本的战斗精神》（The

Fighting Spirit of Japan）^① 。这是一位记者写的书，肯定不会太深，但是很有趣，而且据说就其所谈内容而言是颇为可信的。我注意到柔道运动中所有人都是细腰，他们常常从腰部呼吸。他们的二头肌并不是特别粗大，但他们的前臂比我所见过的人都要壮。我还要见到一个日本人，他把头往后一仰就能起身。在军队里也有一种间接的深呼吸的方法，与佛教禅宗对旧式武士的教导渊源极深。然而，他们从别的军队那里采纳了一种更现代化的身体锻炼方法。

这周围的庭园满是盛开着的樱花，街上也都是人，还有酒。日本人显然会季节性地醉酒，而我们直到现在也没见着醉汉。

---

① 欧内斯特·约翰·哈里森(Ernest John Harrison,1873年8月22日—1961年4月23日)，英国记者和柔道家。1911年，他成为第一位外国出身、获得空手道黑带的人。《日本的战斗精神》一书出版于1912年。

东京，4月2日

今天又是精彩的一天。早上起得很早，然后就开始写信，尽管这么仓促，却终究没有寄出来，因为我们发现，无论我们是写得快一点，还是写得慢一点，邮递船都是慢的。因此，你们应该会同时收到很多封信。这一天是阳光普照，充满光明的，但又完全不闷热，因此很适合出去走走。我们到了艺术品店，买了些印刷品，前天我们也买了不少。随后我们拜访了一位政治经济学的教授，他也是议会成员之一，非常激进、机警，也颇为有趣，在精力、好奇心和嗜好方面很像一个美国人。拜访之中，我们学到了很多关于日本的事情，随后他带我们去了他的岳母家吃午饭。他们有一栋日式的漂亮房子，装饰则是外国风格的，就像大多数富人的房子一样。房子里日式的部分则完全和外国风格没有任何相似之处，漂亮程度大为降低。对于这些仿自德国的地毯、桌布、餐托，日本人没有什么品位，但是对他们自己的东西，他们则格外讲究。这间房子真是干净到了极致。没有铺地板，但是地面依旧闪闪发亮，像一面镜子，却照不出任何一粒尘埃。让我试试，看我能不能描摹清楚这种环境。我们雇了三辆人力车，穿过窄窄的樱花大道，爬上了山，山上就是可爱的公园。整条大路全是景致，还有竹子组成的围墙，都是六尺高的竹竿，用绳索系在一起。它们绿油油的，非常可爱。当我们抵达那间房子后，U 先生带我们去了一间西洋画室，其主要受到英国维多利亚中期和德国的影响。房间里有一个漆柜，非常巨大，胜过了房间里所有别的东西。这一家的女性成员也都进了屋子，鞠躬。她们非常和蔼，我们感谢她们的善意招待，她们则报以微笑。有一位主人的姻亲姊妹，十六岁，很想去美国。随后是祖母，非常威严，就是一位祖母该有的样子。孩子们都绕在她们周围，就像我们国内的孩子一样。女士们亲手端给我们茶，都是沏在蓝白色的杯子里，还有漆制的架子和盖子。茶配有绿色的糖果。我忘了说，在和 U 先生在一起的时候，我们已经喝了三道茶，还有三种不同的点心。一小会儿之后，我们被招呼去吃午饭。低矮的小桌上有三盘菜，可以就座在漂亮的蓝色织锦垫子上。有两位年轻的女性，是跪着为我们服务的。她们可以给我倒葡萄酒，或者苦艾酒。我们选择了后者。在我们每个人面前，都有一个漆碗，是盖着的，里头常常会有鱼汤，配上几片鱼肉，还有切片的绿色之物。我们喝汤，也用筷子把这些食物送到嘴里。祖母认为她本应当准备些西洋餐，但是那位聪明的十六岁姑娘则认为本土美食更好，我们也非常感谢她们用这个来款待我们，因为我们极少吃到真正的、纯正的日式料理。除了在女儿节上过家家地给人偶喂饭，这是我们第一次享受到家中女性的服务。这似乎是我们所享受过的最高的待遇，因为只有当外国人被邀请坐到地上，由家中女性为他服务的时候，这个日本家庭才是真正意义上对这个外国人敞开了。她们就跪在桌子边上，女仆们只负责递菜，将菜端给这些女性，再由这些女性将菜递给客人。这很可爱。我遇到一些麻烦，没法一整顿饭的时间都跪着，所以站起来的时候非常笨拙，因为最后我从脚到膝盖都麻了。我们喝了汤，吃了冷的炸虾，有大虾也有小虾，要蘸着旁边的汁吃。凉蔬菜在另一个碗里，还有热的炸鱼。还有一小点腌菜，之后是米饭。日本人要吃好几碗米饭。随后是甜品，甜品在你旁边一直都有，是凉的煎鸡蛋，口感非常好。随后他们端上了茶，是台湾乌龙茶。我们也吃了吐司，但这是西洋的。接着我们离开了餐桌，被带去看了楼上的屋子，里面有许多件漆器、铜器和木器。我们下了楼，又发现有茶和一盘水果，是为我们准备的。我们没太多时间吃水果了，因为他们要开车载我们去皇家庭园。但是因为最后一种茶是要我们带走的，因此当我们在门口穿鞋的时候，他们又把茶送了过来。这是一种味道很浓的乌龙茶，里头还有牛奶，旁边还配有两块糖，可以随意添加。这样一来，在三个小时里，他们就给我们端来了六次茶。

　　皇家庭园是很难描述的。读读旅游向导书，你们就能见到它是什么样子。它的景致的开头就是一万株兰花。我们见到，草坪里有莴笋、青豆、番茄、土豆、茄子和甜瓜，都是栽种给天皇吃的。我们从没见到过长得如此完美的莴笋，所有的莴笋头都是完全一个型号的样子，就像是工艺品。别的瓜果也是如此。为什么还有番茄呢？不要问我。从装在罐子里的葡萄来看，在草地上栽种葡萄还处于起步阶段，但也可能不是，因为我不是很熟悉这些小巧的藤蔓植物，不知道它们是不是要结果。花都开得很完美。大量的雏菊,还有许多别的色彩亮丽的花,是我之前所不知道的。它们都准备被放进花坛里，为游园会做准备。17 日的时候我们没法来。有一个很大的以木板为顶的帐篷正在搭建中，游园会的时候，天皇和皇后就要坐在那里。第二天，这个帐篷就会被拆掉。或者是第二周吧，因为这个游园会不只一天。那样一来，如果下雨了，游园会就不办了。从今天晚上的情形看，大雨可能会摧残花朵。但是今天的天气是很完美的。当一个人用尽一生遍览日本的庭园之后，再来看这座知名庭园，会觉得颇为惊奇。这里有一大片草地，没有什么花。日本草地变绿的速度尚不及我们国家，现在它全是黄的，虽然旁边一大片水仙花也是挺好看的。樱花树下的这些植物，在斜照而来的阳光之下，构成了我们一生中最为秀丽的风景之一。人工做成的湖泊、河道、瀑布、桥、岛、山，其中还有硕大的鸟儿，或走或游，足以让我们的这次日本之旅不虚此行。成群的树，还有别的一些美妙的事物，在这一片风光之中，就像是一连串的图画。庭园有一百六十五英亩，没有掺杂任何建筑。庭园的起始部分接邻于城市的一端，但是现在它在一条往来穿梭的车道上。当然了，即便对最外围的东京城的范围而言，它仍旧属于郊区。

星期一那天，我们计划再去一次帝国剧场。今天，名演员雁治郎在一家小剧场演出。据说，东京的演员和经营者们对雁治郎的嫉妒使他每次来东京的时候都享受不到公平的机会。之前在芝加哥认识的 T 先生，也在东京，他想试着在我们离开之前在餐厅为我们安排一次晚餐，所有那些旧时的学生，只要现在在这里的都来。餐厅总是会很有趣，我们当然承认这一点。这会让我们在东京多待一天，虽然还没有最终敲定。剩下的时间，我们打算尽可能地回访一些朋友，然后乘车到处走走，看看樱花，而且我希望我们能见一见这里的一些著名茶屋。到目前为止我们还没见过茶屋，这座城市也有没有那种卖下午茶、女性可以进去坐坐的茶屋，有的只是新装修的百货商店，而这些商店对我们而言和美国国内的没有任何区别。从这一点可以显示出来，真正的东京妇女极少走出她们的家。

隅田川①是一条很大的河，由山的那一头的所有小溪流汇聚而成。河上布满了平底小帆船以及一些别的船舶，而且无论对东京这座城市而言，还是对日本整个国家而言，这条河都是许多历史的中心。

---

① 隅田川是位于东京北部的一条河流，最后注入东京湾，全长 23.5 千米。这条河曾出现在《伊势物语》等日本传统文学作品之中。

东京，4月4日

　　日本最伟大的演员，从大阪来的雁治郎，此刻正在东京演出。这场表演非常精彩。此外，他搭建的背景舞台和他当初在纽约表演一场名为《武士道》的戏剧时所搭建的是一样的。有一只狐狸，幻化为人形，跳了一支舞，真是很精彩。想要描述这场戏是徒劳的。这不像是我们曾经见过的那种日本舞蹈，很慢地摆姿势，也不像是俄国的舞蹈者那样狂野。他一个人跳，没有舞伴，不管是男舞伴还是女舞伴，都没有。但是这场舞和俄国舞蹈一样的自由，与此同时又更为古典。直到你真的看了这场戏，你才能意识到人的手和手臂能做成什么样的事。他戴了很多个面具，然后依据他所戴上的面具的类型，施展动作，或者跳舞。不用拿手抓，他就能做出一只动物的种种动作——像猫那样优雅、轻盈。他是老雁治郎的儿子。

我们在这里的最后一些日子将会非常忙碌，似乎都没法将那些我们该做的事情做完。樱花开得正盛——樱花又是一件难以用语言来表达的事物。但是如果山茱萸树能够更大一点，它的花能略带一些粉红色，而不是完全的粉红色，那么山茱萸树将会给我留下最深的印象。樱花最难以言说的部分，在于它的树开满了花，却全无叶子。毫无疑问，木兰也是这样，但它们太过粗糙，而樱花是很精致的。我们今天去了一家博物馆，它在某些方面甚至好过帝国博物馆。大量的佛像，让我们甚至都来不及驻足休息，还有很精彩的中国文物。件件都很精彩，除了那些绘画。

东京，4月8日

　　事实上，我们正在收拾行李，明天早上8点30分就要启程离开——之后的一整天都会是旅行，首先是乘坐日本最快的火车，一直坐到下午四点。日本的普通火车每小时能行驶大概十五里路，而日本很不幸地在早些年采用了窄轨，同时又采纳了很知名的安全第一的准则。自从写了上一封信之后，我们又有了许许多多的体验。最有趣的是在星期天，我们被带去乡下，既是去看樱花，也是去看参加狂欢活动的人群。这段时光是一种嘉年华，也是一种温和的狂欢节，一切都建立在鲜丽的衣服和假头套之上，还有美酒，百分之九十都是美酒。除了我们之外，还有一些人没有喝到酩酊大醉，但这样的人不多。每个人，不管懂一点什么样的英语，都在我们身上练习。一个打扮光鲜的人告诉我们"我，卓别林"①，他是一个惟妙惟肖的模仿者。除了一场斗殴，我们没有见到别的粗鲁之处，也没有太大的喧嚣。精神上的影响显然让日本人有了亲密感，也容易吐露真情。他们常常与他人保持距离感，但是到了星期天，他们看上去就像是要告诉别人自己内心最深处的所有秘密和一生的志向。负责招待我们的主人，一整天都在开怀大笑，只有一个片刻除外，那是一个穿着鲜红色女式服装的小伙子一定坚持要踏上一艘行进中的船。他们极少喝醉，因此对他而言，一场宿醉的吸引力还远不如一场节日庆典。人们真是非常高兴。

为东京城提供水源的水道两侧都栽种着好几里的树，各式各样的都有，这些树发育到各个阶段，有的还没开花，

---

① 杜威转录的原话是 "I Chralie Chaplin"（我，卓别林），但其实应当是 "I am Chralie Chaplin"（我是卓别林）。杜威借此来说明此人的英语并不标准。

有的则达到了最盛的花期，有的没有一片叶子，有的则布满了漂亮的、小小的、粉红色的叶子。花在飘落，这就像是一场温和的降雪，但树上仍旧开满了花。

昨天我们又去了帝国剧场，十个人的聚会，两个包厢里都是人。我们被带去了舞台幕后的地方，参观了演员休息室等，被介绍认识了一位演员和他的儿子。他大概十一岁，之后也登上了舞台，表演了一段非常棒的舞蹈。在这间屋子里有一位他的老师，教他汉字书写的课。他埋头学习，不被搭话就不会把头抬起来。这大概是我在日本见到的最漂亮、最聪慧的面庞。在这里，表演实际上是一种代代传承的职业。我怀疑一个没有从孩提时代就接受这般训练的外人能不能做好表演，我也认为，即便他能做表演，行会也不会允许他进入这一行，虽然有一个有英国血统的人也在日本的舞台上格外成功。昨天我们见到了一些很有趣的事，包括舞蹈，也得知了他们急切地想要来美国，但是他们需要一个赞助人。如果能慎重地挑选一些布景，选择那些有很多动作，却没有太多言辞的部分，同时对唱词进行细致的解释，他们至少是能够在纽约博得好评的。

　　另一场宴会是另一天晚上，在一间日本的传统茶屋里，有一部分是作为娱乐的能乐表演，还有十二道菜，诸如此类的。最有趣的事情是与人们交谈。总体而言，我认为我们有机会见到那些比大多数人更了解日本的人。我们的日本之行不是官方的，将所有七零八碎的事情拼到一起，我认为我们对日本社会状况的了解足够匹敌任何一个在日本待了八周的人。一位富有经验的记者，只要信息集中，在几天之内，也能对此了然于胸。但是我认为，唯有通过层次累加的印象，从而找到相关事物的感觉，并且熟悉它的背景，才能真正深刻地洞悉它。一开始他们告诉我这是一个重要的心理时刻，每件事都非常重要。那个时候，我还不清楚他们这话是什么意思。现在，除了重复他们说过的话，我也没法将这种感觉诉诸任何新的言辞，但我的内心深处确实对此有了体会。虽然少有什么外在的改变的迹象，但是如果从精神角度读解他们的变化，就会发觉，日本此刻的状况和大约五十年前他们最开始和外国建立关系、打开国门时的状况是一样的，接下来的数年里将会有非常急峻的社会变化。

奈良，4 月 12 日

嗯，如果从观光的角度讲，我们才刚刚开始这趟旅行，第一次观赏日本。第一天，我们从东京乘车到名古屋，一路上很有趣，而这全靠富士山。我们在几个小时里，从三个角度，一直断断续续地看着富士山。有时候富士山会看不见，然而我们去的时候正赶上了一个很好的、温暖的日子。我们幸运极了。名古屋有日本最古老的城，即便你们在愚昧的乡间和农庄里，也可能听说过那上面的两头金海豚。名古屋城是一座天皇的宫殿，竟然需要在东京办理准入手续，但我们仍尝试着进去，因为我们曾经在东京 X 先生那里遇到过一个很好的年轻小伙子，他是从奈良来的。

我们给他打电话，然而即便通过他，我们最终仍然没能进去（他说，即便他自己，也是无论如何都进不去的）。他立刻邀请我们吃晚餐。随后我们被带去了奈良一家一流的茶屋，享受了一次精心烹调的晚餐，他将其称作茶饭。首先是茶道，没有仪式，只有茶粉，然后是为每人分别准备好的一个碗。我们都认为，奈良的烹饪胜过东京，食物更为可口，口味更趋丰富。这个想法让我们的东道主很受用。我们对一种大概四英寸长的鳟鱼表示了好奇，它仿佛是被涂上了一层焦糖，然后我们发现它是在一种液体里烹调出来的，这种液体让甜的部分都沉淀了下去。接下来，一瓶叫作味醂①的饮品送到了我们每个人面前，现在我们手上都拎着一个玻璃瓶子。晚餐之后，他说，他希望我们不会怪罪他的失礼，但是他在之前邀请了名古屋最好的三弦琴演奏者和歌唱者，还有一些舞者。换言之，一些艺伎

---

① 味醂（みりん），俗作味淋，是日本一种类似米酒的调味料，主要用于除腥增鲜。

被邀请来在大卫王①面前唱歌、跳舞。有各个等级的女子，既有那种相当于杰克酒店伴唱女子的人，也有那些等级较高的女演员，还有一些等级更高的。他说他想要我们看到一些外国人极少看到过的、真正日本的东西，这既包括今晚的餐厅，也包括此刻的舞蹈。如果不是老客户，或者那些从声誉极高的地方来的人介绍的朋友，她们是不会接受邀请的。但是这场聚会中的女子认为他对其中一位女孩特别有兴趣。个人而言，我认为这些舞蹈和音乐比旅游向导书上记录的更有趣。

第二天，我们去了原始的伊势神宫。大概两点到的，那时候又急又饿，但不得不将这朝圣之旅走完，尤其当时的天气也不是很好。神圣的神宫所在的地方叫山田，是一个很漂亮的地方，有着树木葱郁的大山和小溪。这里的树大部分都是日本柳杉，与加利福尼亚的红杉明显有亲缘关系，虽然没有那么高，但是给人的印象是一样的。这是个

---

① 大卫王是古代以色列的著名国王。爱丽丝·杜威此说是调侃杜威。

很可爱的地方，常常会挤满了成千上万、拿着地毯袋（准确地说，是旧式的布鲁塞尔地毯袋）的朝圣者。就像之前所写的那样，我提着一件借来的礼服大衣和大礼帽。我们的向导说，不需要给女士专门准备什么衣服。我稍微化了妆。而在此前，东京方面就给神职长官写了信，告知我们很快就会到来。他给了我们一个小时。在最外头的大门，也就是鸟居的地方，是净化仪式开始的地方。我们用一个很小的礼仪用的杯子和盆，给自己的双手浇水，随后神职人员给我们撒盐。别人都没有这第二步，只有我们经历了。随后，当我们到了栅门的时候，被告知没有身着"参拜服"的女士，无论是谁，都不得入内。当然，我应当享受一个帝国大学教授的同等级别待遇，也被放行进去了。我忘了说，我们面前有一个宪兵，吆喝着当地的百姓，给我让开道。随后我们徐徐前行，跟在神职人员后头，踩在这些从海岸边带来的石头上，穿过了一段木桩栅栏，到达了一个离下一道门很近的位置。我被允许比我们的日本向导更靠近大门。然后我们做了礼拜，其实就是鞠躬。我颇不光彩地鞠了一个很快的躬，但我想我们的日本向导伫立了至少有十五分钟。

京都，4月15日

　　我们现在到了日本的佛罗伦萨，如果可能的话，值得一见的东西比意大利更多。今天是一个雨天，这对一整周的参观计划而言可能是一个很好的开始。今天早上我们在山内商店——我所见过的最漂亮的商店，有着最好的日式房间，里头有最好的家具，还有各式各样最漂亮的艺术品，但是它们的种类都是按照日本风格被恰当地分好类的。我买了一件红色织锦。它是方格状的，陈年的红色，配上金色和深蓝色的图饰，是牡丹和鸟。这就是佛寺住持的衣服在他左臂上的连续纹饰。店家向我们保证，它有超过一百年的历史。这件织锦大约五英尺长，有一边比较宽，上面的条纹是以四为数缝合起来的，边角处都是以榫眼的方式绕开的，配合得天衣无缝。大多数条纹都是用细丝编成的，缝到了一起。我还买了一件紫色的，又一次配上了华丽而硕大的鸟儿和牡丹。在织锦上，我喜欢牡丹，胜过菊花或者别的更小的花朵。还有一些很精美的织绵，绣着石榴，也很诱人，但我没有买最漂亮的那一款，我考虑着在中国花钱买比这个更好的。我还买了一套可爱的茶具，它们就在我的屋里——花了三十钱①，这意味着我花了十五美分，买了一个茶壶和五个茶杯，灰色的陶器，带着蓝色的装饰。这一套便宜多了，但同样可爱。明天我们要去茶道起源的原始寺庙参观，也会参加茶道仪式，将会由高级的神职人员为我们表演。你们最好找一本向导书，读一读关于京都寺庙的部分，因为这里的寺庙实在是太多了，根本没办法在信里讲清楚。有市政府的车带我们去所有这些地方。在这件事上我们做对了，因为京都已经从它当初做首

---

① "钱"是日本过去曾经用过的一种辅币的单位，1 圆等于 100 钱。

都时的规模开始缩小,就像一个果仁一样,在它的壳里缩小,而各所寺庙间的距离非常远。接下来的一天,我们要去京都皇居,再接着走,接着长胖。

天气和春光都是极好的。当我们到这里的时候,樱花已经凋谢,但是枫叶此刻有绿有红,非常可爱,这片土地此时就是天堂。这里的山比在佛罗伦萨时见到的山更近,更高。因此,京都拥有大自然的所有美丽。我们将只在这里待一周,然后就要去大阪,那里有木偶戏,还有戏剧学校,雁治郎就是那里的头儿。我们想要去看的正是木偶戏,因为这是日本所有表演的源头。许多剧场里的习俗都是基于当初那些木偶的动作。

在诸多方面,京都都是这个世界能展示出来的最可爱的事物,这样一种自然与人工的结合是人们梦寐以求的。这些占地宏阔的精美寺庙,还有这些绘满了图画的原木,远古的、我所不能辨识的雕塑,使这里成为一个如此令人着迷的地方,以至于让人觉得一定存在多重世界。因为如此丰富的思想和感觉竟然能存在于同一个星球上,而我们从来不曾知晓它的全部，甚至在某种程度上，对它的任何一部分都知道得那么少。我们今天刚刚参观过的日本庭园，自它一千年前被建成之后就未曾改变过。他们在修筑这座庭园的时候，借鉴了中国和印度的古代思想。京都的寺庙看上去就像是远古年代的破旧遗址，但是它们艺术的完美性却保留至今，毫发无损。第一所佛寺①——也就是茶道诞生之处——的风光，模仿的完全是文化鼎盛时期的中国的真山水，开头处都有同样的河流、岛屿、沙丘，只是一切都是微缩版，连树也是小型的树。他们说，现在即便是在中国，原景也被破坏了，年久失修，让所有见到的人都感到沮丧。五十年前，他们甚至来奈良打广告，一座五层楼高的漂亮宝塔，只要五十円。很显然，现在很需要

---

① 杜威指的是日本京都建仁寺。这所临济宗寺庙建于 1202 年，是京都最古老的禅寺。其开山始祖容西禅师（1145 年 4 月 20 日—1215 年 7 月 5 日）曾到过中国，在天台山万年寺学习佛法，后归日，并将茶种带回日本，普及了饮茶之道，也开创了日本的茶道。建仁寺的布置风格模仿的是中国南宋时期的百丈山。

那些美国的百万富翁们去买下中国大量的寺门、宝塔和佛寺，使之免于完全的毁坏。日本人及时醒过来了，意识到了这些历史文物的价值，在很多旧寺庙的原材料几经转手而终将再无希望之前，好几所寺庙被他们重建起来了。如果像在这儿一样，将木材应用于这样一些宏伟的结构，那么它将是一种很华贵的材料。这个世界上最大的一口钟，有十二英尺高，在一个钟楼里，悬挂在一个巨大的树干下。整个钟楼的结构如一朵花一般，还有螺旋上升的屋顶。这口钟最开始是被拖到山顶的。下个星期六，我们还将听到它低沉的声音。以前我听说过的最大的一口钟，也不过是九英尺高。它们是用精美的青铜铸造的，声响柔和而美妙。无论你是一个什么样的人，那钟声都能直达你的内心，让你希望在那更庄重的、我们还不知道的最后的审判日里，敲响的钟声就会是这个样子的。

我们与 D 女士一起吃的午饭。她讲了一些日本女孩为了追求教育而付出努力的故事，这可能会让你们愿意变卖自己的耳环——哪怕你们还没有呢——去资助这些理想主义者吧。她们是开拓者，就像我们美国那些披荆斩棘、伐树开路的祖先一样，但是她们甚至都没有一棵树可以用来采伐。她说，她希望我在回到美国之后，能够到各所聚集了信众的教堂里去，告诉这些信众，他们应该将钱寄到这里来，将教育普及给这里的人们。

有一天我们乘坐着市长先生的车到处逛，第二天，大学为我们雇了一辆车。我们就这样让自己纵情于这些我们根本配不上的享受中，有时候我们甚至想着，在一切结束之后，我们是不是应该自尽，以偿还他们给予我们的荣耀。毫无疑问，这些人有一种高贵的品性，这使他们有资格享受种族间的平等。

我想找一个漂亮而安静的地方，开始一天的行程，观览更多的地方，然后再回来。壁上的绘画大多数都被毁坏了，但是字画、屏风与工艺品还是很精美的，而且我要很高兴地说，我们已经度过了将其视为歪歪扭扭的东西的阶段，我们能感受到其中的美。如果有一天，当你们发现扎根在地上的树木是真实的，而且就和你们曾经在画里见到过的一模一样时，你们就可以开始既欣赏自然，也欣赏人工描绘的那个自然了。

京都，4 月 15 日

今天下雨了，我们没做什么事。我们是昨天中午到的这里。酒店在山的一边，有很漂亮的风光，酒店本身也很好，虽然奈良的那家酒店是由帝国铁路系统运营的，是我们到目前为止见过的唯一一家顶级酒店。下午的时候，大学派了一辆车，我们乘车去了郊区，是一处很有名的赏樱之处。但是太晚了，没赶上樱花。不过这里的河流、山脉和树林还是很漂亮的，我们又见到了常常能见到的一大群人，在享受他们的生活。这里的人外出度假的方式真的很棒，所有阶层的人都来了，他们在户外和茶屋享受到的乐趣也是非常之多。我从来没有见过别的地方能像日本这样，每一天似乎都像是节假日——很明显还有酒，只是没那么多而已。

这个月里，这里的一所训练学校的附属剧场会有一场特别的艺伎舞蹈演出。整场演出持续一个小时，然后在四五个小时里一直重复。昨天晚上我们去观看了，无论较之于剧场里的舞蹈，抑或较之于我们在奈良见到的小型艺伎舞蹈，这种舞蹈都更像是机械化的摆姿势。但是，她们对色彩的组合和对布景的掌控都非常精彩。有八幕不同的景，不到一分钟就要变化一次。其中一次，幕布通过活门直接就垂下来了，还有一次，幕布前一面帆布一样的东西被掀起了，原来它的另一面绘有图画。虽然幕一直在换，但每一次都用了不同的方法。

市长邀请我星期六的下午向该市教师发表演讲，之后市政当局邀请我们享用一次日式晚餐。一辆市政所属的汽车——似乎是唯一的一辆——在他们不用的时候，就交由我们使用。他们还计划下周一带我们去一家瓷器厂和一家纺织厂。这座城市是日本工艺品生产的中心，无论是旧式工艺品还是现代工艺品。大学当局给京都打了电话，使我们获得了进入京都皇居的许可，但是据说这所皇居比不上我们曾错失的名古屋的那一家。在奈良的时候，我们将大部分时间都花在了法隆寺，离市区好几里远。我不想复述一遍百科全书，只是想说，它们是一千三百年前佛教刚刚传入日本时的大本营。这就意味着文明，尤其是艺术。他们还有那个时期的壁画，可惜褪色了，还有许多雕像，是木雕，因为这里没有大理石。嗯，很偶然地，那天是圣德太子的生日。圣德太子是一位绅士，为前面所谈到的佛教传入日本做出了贡献。这里有许多他的雕塑，有他两岁时的、十二岁时的和十六岁时的，广为人们所喜爱。他的虔诚之心是早熟的。因此，这里的一切都是开放的，各种各样看西洋镜的地方和小商贩都有。朝拜者的人数远不止数百人，他们将愉悦和虔敬之心结合到了一起，在这一点上甚至超过了意大利的农民。他们只要有点钱就会花掉，吝啬不是日本人的习惯。我们被带去了大住持的庭园，以享用午餐。毫无疑问，他非常忙，但依旧身着华丽的长袍欢迎了我们，并且献上了茶和米糕。这间小巧可爱的庭园，和墙外的击鼓声及客人们的喧闹声，再以及喧闹声和鸡蛋火腿的叫卖声的更远处，与那些精美如艺术品一般的古代寺庙，形成了鲜明的对比。这又是一件日本颇为有趣的事情。

你们可能还记得 E 小姐，即便对一个美国女人而言，她也算高的。对乡下的人而言，你们的妈妈可能还只是个很普通的人，但 E 小姐，那真是奇观。日本人唯一没有被教育要遮掩起来的东西，就是好奇心。他们真的围成了几圈。不知道有多少次，我看着许多对父母要确定他们的子女没有错过这场秀。好几次，我都见到人们慢慢地、神情严肃地绕着我们走，以确定把我们看了个彻底，什么也没有落下。他们并非无礼，只是好奇罢了。因为我们在吃完早饭之后要去博物馆，这群孩子里有几个女孩儿现身了，给我们鞠了躬。一个在这群孩子里我第一个认识的孩子，抓着我的双手，跟着我们一直走到了博物馆——她是一个九岁或者十岁的小姑娘。她们友善的面庞，很是动人。尤其有一个孩子，明显要穷一些，会抬头看着我，笑起来，抓着我的手，放在她身上，又开开心心地笑了笑。我并不知道，孩子们长到多少岁的时候，这种天真自然就不会再被认为是得体的了。星期天的早上，一些士兵要出发去满洲——或者是韩国。还不到八点，我们就听见了木屐踩在街上的声响,好几百名男孩女孩跟着他们的老师去了车站。第二天早上也是一样，都是为士兵们送行。

京都，4月19日

　　我们刚刚从又一场艺伎的宴会回来，是由市长和大约十五名市里的官员招待的。你们的爸爸都有些自命不凡了，因为这是京都市第一次以这样的方式款待一名学者。如果他都能自命不凡起来，那我又算什么？要知道，这可是日本历史上第一次，一个女人也出现在了男人们的狂欢里。艺伎从十一岁到大约五十岁都有。有一位稍稍年长的，是城里最出色的舞者，她给我们表演了一出哑剧舞蹈，真是太精彩了。她曾经因为政治活动而入狱，据说是因为散播资金，好让她所喜欢的一个人赢得选举。这违反了妇女在日本不得从事任何政治活动的法律。就像我在这些人里所见到的所有那些年纪稍长的人一样，当她的表情平静下来时，有一种悲伤的神色。但是她们忙碌于接话应酬，这种悲伤之色，男人们从来不曾看见。就我们所见而言，她们是经过精心栽培的。毫无疑问，我们见到的都是最出色的。她们在谈话时带着一种公爵夫人的镇定，同时也有孩子般的良好天性。这是一种非常少见的结合。她们对我们很是好奇，问了各种各样的问题。有一位十七岁的女孩说，她喜欢婴儿，问我有多少个孩子。我告诉她，有五个，她非常高兴。她有一张玫瑰花苞般的嘴，很像是旧照片上的模样，跳起舞来，摆出的姿势也是旧照片上的。这些女孩不喝酒，也没有吃饭，常常是在宴会的最后才上来。一个十一岁的小姑娘跳了一出名为《登富士山》的舞蹈。腿的动作非常精彩，让你感觉就像是在跟她一起攀登富士山一样。在中间环节，她戴上了一个面部隆起的面具，拭去汗水，洗了洗她的小脸，给自己扇一扇风，又接着以平足进行舞蹈。所有的动作都极致的端庄、优雅、微妙、阴柔，简直无法用言语来形容。舞蹈结束之后，她过来坐到了我的边上，她的皮肤泛红了，就像是患了感冒一样。所有的男人都上了年纪，我必须得说，他们对她非常友善。

　　这就是这场宴会进行的方式。我们穿着袜子进了餐厅，和往常一样被领去了一间很小的屋子，跪在一张垫子上，喝着茶，等所有的客人到齐。这一次大概到六点钟的时候，我们被领进了一间环绕着金色屏风和纸拉窗的大屋子。这个纸拉窗是在窗户前滑动的。这间屋子很长，造型很漂亮。垫子每隔三英尺左右摆一张，朝向屋子的三个方位。中间方位的垫子是垒起来的，这样一来，受礼遇的外国客人就可以坐着，而不必按照日本礼节跪着。在一一认识完所有的客人之后，我们也入座了。我们只是握手，因为他们的鞠躬方式简直就不可能做到，他们也顺应了我们打招呼的方式。然后我们所有人又蹲坐下来。可爱的女侍者进来的时候如在地上滑行一般，每个人手上都有一个小桌子。第一个给了你们的爸爸，第二个给我，然后是市长，以此类推。市长先生坐在这一排的末尾。在每个人面前都有自己的桌子之后，市长走到了这个四方屋子的中间，发表了一个简短的欢迎致辞。他不停地表示歉意，称娱乐是如此的贫瘠，而他也没法做得更好了，但是尊贵的客人却能够赏光到京都来，这也是这座城市第一次以这种娱乐方式向一位外国学者表示敬意。你们的爸爸接下来努力做了回应，在他坐下之后，我们揭开了漆器汤碗可爱的盖子，也拿起了筷子。喝一口汤，从小碟上取起一块滑滑的生鱼片，蘸一蘸酱油，再将它放入嘴中。今天晚上，第一道汤是一只富含脂肪又殊为少见的海龟，非常美味。喝完汤，再取一小块鱼，但我们的向导告诫我们不要吃太多生鱼，因为我们还不习惯吃这个东西。这个时候，另一个可爱的漆器盘子被放到了旁边的地板上，上面还有一个更小的漆器浅盘，浅盘上盛着两片炙烤得刚刚好的鱼片，装饰有两片鸡蛋糕和鱼粉，很精巧地被卷在樱桃叶里。就这些菜品的组织而言，每一盘鱼都是艺术品。这两种鱼是上一位天皇①的最爱，你简直无法批评他有这种嗜好。这些菜是用味醂烹饪出来

---

① 也就是明治天皇。

的，这是一种从酒里提取出来的甜甜的液体。你可以把整条鱼都吃掉，用竹筷子将鱼骨头剔出来。当这个小盘子端上来之后，你就会看到一位可爱的小女孩，穿着长长的、色彩亮丽的和服。和服垂地，绕着她一圈铺开。她的手里有一个蓝白相间的瓷碗，放在一个小巧的漆器托盘上，这时候你就知道宴会还在进行之中。她的身后又跟上来了年纪稍长的女孩，是舞者。她们一点一点地、慢慢地走了进来，在为你斟酒的时候向地面鞠躬。外国人常常忘记，客人应当主动将酒杯端到正确的位置。对此，她们只是微笑着。每个人都为大家的健康而干杯，然后让我别再喝了，但日本人还接着喝。嘴还在酒杯里啜饮着，手却伸出来要下一杯。谈话变得越来越活泼，这些女孩也加入其中。有些人说，这是日本唯一有趣的女人。无论如何，没有谁的妻子也在场，只有我，而这些女孩都被培养得非常出色，来回走动，只发出最轻微的声响，并且一直敏捷而愉快地看着谁还需要什么。她们一看到我们不喝酒，就给我们带了几瓶矿泉水。随后她们跳起了漂亮的舞蹈。两个大概十七岁的女孩，跳了一曲《京都东山的黄昏》。在名古屋，在京都，或者无论你在哪里，主题永远是一些与周遭大自然相关的事情，常常都很简单，也很古典。随后，著名的年长舞者跳了一曲很微妙的《护士哄孩子入睡》，这又是一个很受人喜欢的主题。这支舞很可爱，但有时候太过微妙，以至于我们没法捕捉到她的所有动作。这些女孩都像成年女性一样着深色衣服，只是由于其职业有一些规定好的差异而有所不同。比如，背后的衣领开得很低，和服在垂地之后要像一圈浪花一样围绕着她。年轻艺伎的腰带也会有所不同，很长，系紧之后能垂到地面上，同时还有明丽的发饰和很长的袖子。当然别的年轻女孩在正式着装的时候也是长袖子。

菜肴里还有几道别的鱼，其中一道配了四颗草莓、两瓣橙子、切成块的一点薄荷果冻，中间还有甜的甘蔗片。之后还有更多的鱼，有不少是那种色泽鲜艳的贝类，吃起来常常很麻烦。接下来是一道酸黄瓜沙拉和虾蟹的完美混合，非常棒。只要是酸的东西，和着这么多鱼一起吃，都是非常好的。最后是几碗米饭，是用一个很大的漆器盘子盛上来的，上面配着一个像圆筒的盖子。由一位年长的舞者将饭分别盛到碗里，再由年轻的舞者端给每个人。她们从跪姿站起来，又坐下去，起身的时候仿佛全无重量，只用脚趾就行了。大多数日本人都要了三碗满满的饭，很快就吃了。我必须得说，他们的大米很美味，但我也只能吃一碗，一定程度上可能是因为我还不会狼吞虎咽吧。最后，碗里会被斟满茶。

整个过程中，这个屋子里坐在别的位置上的绅士们都会跪在你面前一次，问你喜不喜欢艺伎跳的舞蹈，你对日本的第一印象是什么，诸如此类的问题。而你已经和这些舞者成了亲密的朋友，虽然除了"谢谢你""很好""再见"之外就再没有任何共通的语言了，常常是彼此报以微笑。通过别人时不时的转译，她们也能懂一点点英语。没有人指望一个外国人能懂一个日语词。因此，当你笨拙地蹦出一两个日语词的时候，他们会笑起来，表扬你发音纯正，作为对你的喝彩。今天我吃了一点点青椒，是作为蔬菜炒在一道菜里的，三颗像发夹那么大的青椒就在菜里。虽然青椒味很重，但还不错。你常常只会吃一点点，同时被告诫在一顿饭刚开始的时候千万不要吃得太多。吃饭的时候，米饭一开始是被单独盛上来的，因此能和着鱼吃。虽然总有人告诫说不要吃太多，但总归还是有多样性的，有不少别的吃法可以遵从。我忘了说，在一顿饭的中间，常常会有一个热的乳蛋糕，是用肉汤而非牛奶，配上当季的蔬菜做成的。这也很好吃。事实上，我已经变得非常喜欢这种鱼料理了。

当我们回到餐厅门口的汽车里时，所有的年轻舞者都站在了雨中，以一种美国人的方式向我们挥手作别，直到我们驶出她们的视野之外。我猜这些疲惫了的小女孩还要回到餐厅为别的人跳舞。我们在八点半的时候回到家。在日本，所有的晚餐似乎比较早，除了一些他们所谓的西洋餐，那是按照我们的用餐时间来的。

我必须告诉你们，日本最好的茶叶就是在这附近栽种的，那个地方叫作宇治。在市政厅①的一场演讲之后，我们获赠了这种茶叶。越是危险的地方，这种茶叶长得越好，而且带着一种有别于其他茶叶的芳香。有点酸酸的，像是柠檬，但没有一点苦味。叶子有一种可口怡人的味道，像是不甜的雪莉酒，非常好喝。在这里一磅要卖至少十円，我应该买一些带回国。普通茶里很好的那种，一磅要卖十五钱，折合七点五美分。

---

① 杜威在 4 月 19 日于京都市政厅进行了题为"关于社会教育"的演讲。演讲后由京都市市长出面组织了欢迎会，恰好就是这一封家书所记录的场景。

京都，4 月 22 日

今天我们被带去参观学校——首先是一所男子高中，随后是一所小学。为了向我们致敬，小学校门口的日本国旗旁边加了一面美国国旗。小学非常好。孩子们为我们表演了许多技艺，一个小孩子按照队伍的行进节奏打起了日本鼓，这是他所擅长的。随后是纺织学校，学生们在这里学习纺织设计、编织和染色。出于一些未知的原因，这所学校并不好，也少有人来就读。机器都很陈旧了，是已经被淘汰的德式机器。事实上，这看上去就像是一些德国人在转手卖掉这些机器的时候动了手脚，好让它们没什么价值。所有最出色的工艺品还是用手工完成的，虽然他们有很完备的水力发电。随后我们去了一所女子高中，这所高中与一所为普通高中培育老师的女子学院在一起。京都的精英们会来这里。这里和别的学校一样，非常好，非常漂亮。她们以家政科学为专业。我们在这里享用了一顿很棒的日式午餐，是由这些学生们准备的。整个行程用的都是市长先生的车，这和别的几次出行并无二致。

这里真是一个学者从来都会被仰望，而不会被轻视的国家。因为在帝国大学开了演讲，我在正式场合都被称作"阁下"。大阪市不希望在这方面输给京都，因此我也要去大阪为那里的老师进行演讲。大阪为我们提供了酒店，市长会为我们准备晚宴。当然，你们的妈妈会是唯一出席的女士，因为他们都不会邀请自己的妻子。不管怎么说，外国女士总是可以做一些出格的事的，他们会对外国女士非常有礼貌。艺伎似乎是唯一接受了完整教育的女性——不是那种书本教育，而是懂得一些事，能够与人交谈，也有意愿与人交谈。而我想，男人们愿意参加这样的晚宴，和艺伎们聊天，是因为他们都有点厌倦于对自己俯首帖耳、太过温顺的老婆了。在我们曾经参加过的一场晚宴里，有一位女性，被称作歌蝴蝶。她还有个昵称，叫"宪法"，因为人们认为她对政治感兴趣，尤其倾向于自由主义的一方。当听说她曾经因为对政治的兴趣而入狱时，我们都禁不住坐直了看着她，但结果她只是贿赂投票人给她钟意的一个男人投票。但她确实是当地的名人，而她曾经入狱这件事显然使她多了一层趣味和威望。

中国篇

4月28日——8月4日

4月28日，在驶往中国的"熊野丸"号上

昨天的演讲很成功，比别的几次演讲都顺利。演讲是在一个学校的大厅里，里面全是漂亮的房间。在两个小时的演讲过程中，我看着讲桌两旁分别摆放着的漂亮粉红色杜鹃花和一株松树，感到很开心。它们都有大约五英尺高，形状宜人，杜鹃花有近乎一千朵花瓣。在国内，我们对这样的矮树和灌木所知不多，因为我们见到的标本都非常小，在造型和趣味上不及我们所见到的别的标本。它们无处不在，每一家店，在他们的二手货品或者刚到货的廉价品堆成的小山中间，都能见到这些迷人的小家伙，桃树，或者

李树，或者松树，或者杜鹃花，或者红梅。在一间暖房里，我们见到一棵树上结了两颗李子，我们也常常见到小巧的橘子树，上面覆盖着满满的果实。白桃花是这个世界上最可爱的一种东西，像玫瑰一样是重瓣花，完全是被精心培育出来的。

雾逐渐消散，我们此刻能清晰地看到海岸的山脉。在船的另一头，能看见淡路岛①，我们现在身处两座岛屿的中间，这很像是圣劳伦斯河中的千岛河段②。我猜想这里就是进入内海的入口。我们能看清一部分濑户内海，陆地则非常清晰，很容易就能看见。甲板上有许多日本女士以及她们的丈夫，看上去是在享受景色。她们的脸涂上了粉，

---

① 淡路岛是日本兵库县南部的一座岛屿，位于濑户内海东端，本州中西部与四国东部之间，是日本第三大岛，在濑户内海属第一大岛。

② 圣劳伦斯河是北美洲中东部的大水系，它与安大略湖相连接的河段，散布着一千八百多座大小不一的岛屿，故有"千岛湖"之称。

很白，她们的羽织①则呈紫色，非常可爱。尤其在这里，她们不必用羽织来盖住腰带，因此不像在东京那样看上去有些驼背。我很喜欢她们的鞋袜，因为一般日本女人的鞋袜都不会长到膝盖以上的部分，这样在走路的时候就必须注意不将这一部分露出来，同时也不能妨碍到和服正前方的下摆，所以这些人会将鞋袜提得更高。但是日本的厚底短袜穿上去感觉就像没有穿一样，因为它将大脚拇指和其他几个脚趾分开了，而一旦你穿上了这样的袜子，你就会感觉到大自然造出脚趾来是有用处的，当你走路的时候，脚会牢牢抓地。我带了一套棉制的和服去中国，这样就可以在自己的房间里穿，遇到热天的时候还可以穿厚底短袜。如果和服是用轻盈的材质制成的，只要没有腰带，就会变得非常凉爽。这种实际上透明的薄丝，是日本纺织品中最漂亮的物件之一，而且它足够牢实，能够很多年都保持形

① 羽织是日本传统服饰中的一种，既能防寒，也能被作为礼服，从日本近代开始流行。明治到大正时代流行的女性羽织是到膝盖以下的长羽织。

状，不被磨损。

艺伎的着装与出席仪式的日本女士的着装非常相像，尤其是一身黑色，同时在底部有所装饰的时候。那些小女孩非常动人，有一些甚至不到八九岁，但她们已经身穿属于自己的精致衣裳，梳着漂亮的发型。到了樱花开放的季节，衣服将会是亮丽的孔雀蓝。在大阪，她们的装饰是各种颜色的金制蝴蝶。三弦琴的演奏者年纪更长，她们会更素朴地身着黑色，或者是纯蓝色服饰。击鼓的人年轻得多，颜色也更艳丽。小女孩的牙齿非常糟糕，我问她们是不是染黑过。她们的舞蹈非常动人，如诗一般，还有着最微妙的主题。无论在思想还是在行为上，这都不是一件粗糙之事。他们说艺伎是这个世界上最无私的人。或许这句话适用于所有的女性。她们付出着艰辛的劳动，却又在人们的视野之外，这当中一定有许多苦楚。当被问及对艺伎有何看法时，我回答道，我认为日本女性所做的许多事情还没有得到赏识。他们说："不，不是这样的。我们在心里赞赏她们，只是不表现出来而已。"

上海，5月1日

　　我们在中国睡了一晚[①]，但是现在还谈不上什么印象，因为中国还没有映入我们的眼帘。我们将上海和底特律、密歇根比较了一番，除了这儿没有那么多的烟囱之外，就描述不出来太大的差别了。这意味着，不夸张地讲，上海已经是一个国际化都市了，但是我还没有领会到它的独特之处在哪里。虽说每个国家似乎都有它自己特点的邮局、门前的

---

①　杜威夫妇是在前一天，即1919年4月30日抵达上海。抵沪时，北京大学代表胡适、南京高等师范学校代表陶行知、江苏省教育会代表蒋梦麟前往码头迎接。杜威住在沧州饭店，即今天的锦沧文华大酒店处。

庭园。昨天晚上，当一辆车载我们走了一程之后，我们发现这辆车没法进入中国的城区，因为它没有那个街区的牌照。

我饶有兴趣地想要知道，在这个真正意义上非常古老的国家，人们是不是也像在日本一样大量讨论"万世一系"①。日本的可信历史始于公元 500 年左右，他们的神话历史则始于公元前 500 年，但日本仍旧是一个延续了好多个世纪的国家。虽然事实上，他们曾在长达千年的时间内一直囚禁天皇。而且毫不费力、沾沾自喜地弑杀，或者改换了天皇，但是孩子们都被教育说，日本的天皇统治从来未曾断裂。在写给外国人的书里，他们也重复强调这一点。当然，他们自己并不完全是从理智上相信这些东西，只是从感情上，从实用出发，相信了这套话而已。印在书上的那些爱国传说简直值得任何一个教师去质疑。然而他们说，大学里的历史教授们在口头演讲中是批判这些传说的。在一所大阪的高等小学，

---

① 从日本神话中第一位天皇神武天皇开始，日本始终没有经历过改朝换代，因此被称作"万世一系"。

我们观摩了五堂历史课和伦理课，每堂课都讨论了天皇——有时候是现任天皇，或者某位具体的天皇以及他对这个国家所做的贡献。显而易见的是，这样一种宗教是某种必需品，因为这个国家是如此的分崩离析，他们事实上再没有别的东西可以团结所有人了——天皇成为一个统一而现代化的日本的象征。但是这种崇拜成了压在他们背上摆脱不掉的东西。他们说，小学的教师们大概是这个国家最狂热的爱国者。有数名教师在遇上火灾的时候会为了抢救天皇的画像而让自己或者自己的学生被活活烧死。[①] 他们是出于一片爱国之心才觉得有必要抢救出天皇的画像，而不是因为那点薪水。虽说现在日本的生活开销上涨，他们甚至都没有一份生活津贴。

---

① 军国主义制度下的日本曾经有过一种"御真影"的制度，所谓"御真影"便是日本天皇和皇后的照片。根据当时的《教育敕语》，优等的学校可以向日本宫内省申请获得这样的照片，并建立专门的奉安殿保管它。在重大节日时，师生全体要向御真影敬礼。当时，曾经有过学校校长在地震和火灾到来时，为了守护御真影而牺牲的事例，政府竟将其作为美谈到处宣扬。第二次世界大战结束之后，这一制度被废除。

上海，5月2日

　　有一个欢迎委员会来迎接我们。这个委员会由几位中国绅士组成，他们大多数都是归国的美国留学生。在这里，"归国学生"是一个很明确的类别，如果有朝一日，中国站起来了，美国大学也会因为自己的贡献而分享一份荣光。他们带我们去参观了一间中国的纺织工厂。这里的劳动法规甚至都不会做一些表面功夫，而日本是做了的。六岁的孩子被雇为童工，虽然并不是太多。纺纱部的操作员，

1919年5月，杜威夫妇与胡适（后排左一）、蒋梦麟（后排左二）、陶行知（后排右二）、史量才（前排左一）、张作平（后排右一）在上海申报馆合影。

大多是女性，一天的工资不过是墨西哥鹰洋①三十分，最高可以到三十二分。在编织部，他们计件工作，最高能够达

---

① 墨西哥鹰洋，是墨西哥在取得独立之后铸造的本国银元货币，因为正面为老鹰图案，故而俗称"鹰洋"。墨西哥是产银大国，其铸币做工精良，含银量高且不易磨损，故而广受青睐。墨西哥鹰洋自1854年流入中国，之后便广泛流通于中国华东及华南一带，上海银钱业还设立了鹰洋行市。在清末时，鹰洋在华总额至少达三亿元以上，成为在华流通最广的外币。

到四十分。

　　我会告诉你，我们在短短的一个下午都吃了些什么。首先，午餐是在酒店里享用的，有各色菜肴。之后，我们去了报社，大约四点的时候在那里享用了茶和糕点。随后，我们又去了一位满洲地区领导人的女儿的家。她是一位裹过小脚的女人，有十个孩子。她曾经提供过一次奖赏，给一篇写得最好的关于废除纳妾制度的文章。他们将这整套一夫多妻的婚姻制度称作纳妾，并且他们说，这一状况在富人那里还没怎么变。

　　在那里，他们给我们品尝了一种很稀有的茶，是我们之前所不知道的。还有两种肉馅饼，被做成小蛋糕的样子，味道非常独特，很好吃。我们还吃了蛋糕，接着就去餐厅吃晚饭。最开始，我们进错了酒店，在那儿等的时候，有人给我们上了茶。当离开的时候，他们并没有向我们索要什么，反而感谢我们进错了地方，这让我们吃了一惊。之后我们穿过一开始的街道，这才进对了酒店。他们称之为百老汇和 42 街的交界处，就是那儿了。在酒店旁边有一个很大的屋顶花园，下面是一个百货商店。对于人的本性，有一个很糟糕的评价，那就是一个人总是吃的比记的多。但是，我们昨晚所经历的也确实如此。首先，我们去了一间完全是中式家具的房间，中间是很小的圆桌，一边则是数排圆凳，这是为歌女准备的。歌女并不跳舞。没有人坐这些凳子，所有年轻的中国人都以此为羞，不想碰这些物件。在一旁的桌子上有去了壳的杏仁，小巧漂亮，与美国的杏仁有所不同，非常甜。旁边则是晒干了的西瓜籽，不太容易嗑，因此我没有尝。所有中国人都有滋有味地嗑着。有两位女士过来了，她们都曾在美国学习。所有的人都热衷于讲英语，懂英语。在桌子上还有切成薄片的火腿，非常著名的皮蛋，尝起来就像是煮过头的鸡蛋，看上去又像是深色的果冻，此外还有小盘的点心、虾，等等。我是用筷子夹的，虽然他们坚持给了我们盘子，在盘子上盛了不少。在这场我们以前从未体验过的盛宴之后，有男孩从桌子上端走一盘盘菜，再换上另外一盘又一盘，全部都是自助。这样精湛的厨艺和它高昂的花费，如果发生在日本，你们可能觉得东道主会刻意展示一下这些精美的菜肴，但在这里，他们没有这样做。我们享用了鸡、鸭、鸽子、小牛肉、鸽子蛋、汤、鱼，还有在陆地上生长的牡蛎（非常好吃，鲜美），还有很棒的小蔬菜，竹笋炒什锦、醉虾、鱼翅和燕窝（它没什么味道，但却是一种非常精美的汤。价钱特别昂贵，这才是它被端上餐桌的真正原因）。燕窝本是凝胶状的，在烹饪的时候就溶化开了。此外，我们还吃了很多别的东西。一个穿着有点脏的白袍、头上戴着一顶旧式帽子的男孩，每隔一段时间就递来热乎乎的、带着香味的湿毛巾。甜点部分，我们品尝了很小的蛋糕，是用豆酱做成的，满是酱，还有一些别的糖果，做得非常精致，看上去就像是一件艺术品，但是对我们而言并不怎么合口味。随后是水果，香蕉、苹果、梨子，都被切成了小片，每一片都有牙签叉着，方便取用。接着我们品尝了鱼肚汤，还有一种甜食，那真是你所能想象的最美味的东西，是在一个模子里装满了米，再配上八种不同的、有代表性的食物，具体是什么我全然不知，但它们主要的味道仍是米香。在品尝这道菜的时候，我们首先被提供了一个小碗，里头大半都是汤汁，看上去就像是牛奶。这真的是用杏仁做的。接着要将饭盛到碗里。它是如此的美味，以至于我觉得之前上的所有菜肴都不能与之媲美。我要去学一学怎么做这道菜。

上海，5月3日

当我们还在船上的时候，就有人告诉我们，日本人会在意别人对他们的一切看法，而中国人则全然不在意。做比较是一种我们很喜欢的室内活动，当然，带点危险性。中国人是很吵闹的，虽然还说不上喧闹，也易于相处——一般说来，很有人情味。他们块头比日本人大得多，而且从各个角度看往往都是很漂亮的。最让人惊奇的是，在劳工阶层中，也有很多人不仅仅只是看着聪明，而是真的有智慧，比如酒店里的侍者和服务人员。我们的侍者有一点点女性化，非常高雅，很可能是个诗人。今天当我给一些教师进行演讲的时候，我注意到有些人具有巴黎拉丁区①那种艺术家的气质。日本留给我的印象渐渐地褪去了，变为了颇有距离感的远景。很容易看到的是，使日本人值得尊敬的那些特质，同时也会让你对他们产生不快。他们本应该利用那个狭小而多山的岛屿造出一些世界的奇迹，但他们的每一样东西都有些人为介入太多的成分。似乎所有事情都有一个规律，在欣赏他们的艺术影响力的同时，一个人也能够看到，所谓"艺术"（art）和"人工"（artificial）这两个概念是多么的相近。因此，又一次与这些易于相处的中国人聚到一起，简直就是一种放松。然而，中国人的懒散到头来也会像日本人"无休止的"高度专注一样，让人心烦。借用我们的一位中国朋友的话作为结束吧："东方人有效利用空间，西方人则利用了时间。"这比任何格言警句都真实。

---

① 拉丁区处于巴黎五区和六区之间，从圣日耳曼德佩区到卢森堡公园，是巴黎著名的学府区。

上海，5月4日

　　我见到了一位中国妇女，缠过小脚。我们与她一道用晚餐。直到晚餐结束，她才进了屋子。她一直在厨房做菜，而仆人则将食材带进厨房。她有一张平静的脸，圆圆的，胖胖的，从某一个方向看过去，很是漂亮。当然，她走路的方式很复杂，慢慢地，颤巍巍地，蹒跚而行。昨天演讲结束之后，我们又去了她那里，她带我们参观了她的房子。这间房子被维护得很好，虽然在我们看来没有什么方便的地方，但是我想，这样的房子在这里应当是被视为现代的。有一道楼梯，还有一个很小的屋顶，可以晾晒衣物，或者坐一坐。洗澡间有一个锡制的浴盆，在一个小炉子上烧了水，再倒进来，从而加热，就像是我们的小煤炉。有一根向外的管道，直达地面，但是没有下水道，这一点在东方很常见。厨房有一个很小的铁制炉子，搭在灶台上，烧着小块的木头。灶台隔成三个，两个大而浅，用于烤肉或者烧水，一个深的在中间，为的是让沏茶的水始终够热。只需要两簇火就够了，因为两头的火就足以给中间的水加热了。

毫无疑问，只要有合适的机会，中国人也是很喜欢社交的。当然，像我们女主人的丈夫，在这里算是极有才干而且思想开明的人了。但是，很明显，他就把这一切原原本本地拿给我们看。当我们参观学校的时候，他不会提前组织什么，因为他不想让我们看到一个被刻意安排过的程序。当我们去吃午餐的时候，他带我们去了一家中国餐馆，都没有什么外国人去。

昨天我们去了一家百货商店，买了一些手套和吊袜带。

手套是凯瑟牌①的，是进口货，袜子也是，吊袜带、背带等都是。手套从一美元到一点六美元的都有，背带则是一块银元。我买了一些丝绸，十六英尺宽，一码五角银币。这家店乱糟糟的，地面也脏，但对中国人而言却是个人气很旺的地方。我们花银元三元买了一本书，这书标示着是英国第一版第六次印刷的。这里的所有事情都是这个样子。手套和袜子产自日本，价廉物美，很好的丝制袜子一双也只要一点六美元。但是，中国人仍然不买，只买美国的。

我们还参观了一家棉厂。中国的棉织品和丝织品质量比较低，主要原因是没有科学的生产工艺，对棉种也缺乏适当的照料。在纺织的时候，他们有时候会将他们产的棉和美国产的棉混到一起。

---

① 朱利叶斯·凯瑟是德裔美国人朱利叶斯·凯瑟（Julius Kayser，1838—1920）于1880年在纽约开创的一个丝制手套品牌。

上海，星期一，5 月 12 日

　　北京的风暴似乎现在已经平静了①，大臣依旧把着官位，而学生们被放出来了。②小报消息说，这在一定程度上是出于日本方面的要求，他们认为学生的恶作剧被放任了。据报纸讲，抵制日本的活动正在扩散，但我们所见到

---

① 杜威在这里说的就是中国近现代史上赫赫有名的五四运动。第一次世界大战结束后举行的巴黎和会中，列强无视中国的战胜国地位，意图将德国在山东的权益转让给日本。北洋政府未能捍卫国家利益，国人极度不满，以学生为先锋，广大市民和工商业人士为后援，纷纷上街游行表达不满。当时最著名的口号之一便是"外争国权，内惩国贼"。北洋政府最终在压力之下没有签订《巴黎和约》。

② 5 月 7 日上午，被拘捕的学生全部出狱。

的人们也在怀疑大家能否足够长时间地坚持这种抵制——与此同时，日币在这里被拒用。

男权社会的文明会是什么样，会做些什么事，东方就是一个例子。我所要谈论的问题在于，人们的讨论只局限在女性的从属地位，仿佛这就是影响着女性的唯一因素。而我所确信的是，中国妇女的地位，不仅仅决定了中国家庭和教育的落后，而且导致了中国人在身体上的日益退化和政治上的普遍腐败，也导致了公共精神的缺失，这使得中国沦为一个饱受欺凌的对象。在日本也有同样的腐败，只是日本是有组织的，在两大资本集团和两个有领导地位的"政党"之间似乎有某种联盟。在那里，强烈的公共精神是国家主义的，而不是社会性的。这意味着，这与其说是我们所理解的公共精神，不如说是一种爱国主义。因此，虽说日本如此强大，而中国如此羸弱，但它们都有相应的缺点，因为妇女居于从属地位——但是终有一日，这个被隐藏起来的缺点会瓦解日本。这里有我从中国这边听到的两件事。一位传教士对他的中国信众说，星期天消磨时间的最好方法是与家人团聚，家庭内部的阅读、交流等。但其中一位说，他们如果要花上一天跟自己的太太在一起，肯定得无聊到死。随后我们被告知，富裕阶层的女人——事实上她们还不如贫困阶层的妇女那样能自由地到外面走走——将自己的所有时间都用于打麻将。大家普遍相信，想要奢侈地供养一个富太太是导致政治贪腐的一个主要原因。但另一方面，在北京的一个政治抗议会议上，有一个十二人的委员会被任命，其中有四人是女性。在日本，女性被禁止参加任何讨论政治的会议，而且法律明文禁止。在美国，前来学习的中国女性比日本女性多。或许，在一定程度上是因为中国缺乏面向女子的高等学校，但是另一方面也是因为她们不必为了接受教育而放弃婚姻。事实上，我们被告知，不仅仅是那些曾经留洋的人青睐这样的女性，百万富翁们也青睐她们。毫无疑问，中国受过教育的阶层在女性问题方面较之日本更为进步。

"谁知道呢"，这句话是中国的盾徽[1]。大学校长在八日的晚上被内阁逼走，事实上，是有暗杀的威胁[2]，与此同时，军队（盗匪）进驻城内，包围了大学。大学校长与其说是为了保卫自己，不如说是为了保卫大学，不得不离开——没有人知道他去了哪里。[3]学生们被释放的消息通过电报传出来了，但是政府拒绝公开这一消息。似乎，校长比我之前所感觉到的更像一个充满智慧的知识分子的领袖，而政府也变得真的很畏惧他。他来这儿两年了，在此之前，学生们从来没有举行政治游行，而现在他们成了新运动的领袖。自然，政府要有所回应，学生退学，忠实的教师则被辞退。或许学生们还将在全中国继续罢课。但是，谁知道呢。

---

① 盾徽，即盾形徽章，起源于欧洲中世纪，用来作为某个家族或组织的标识，显示其独特的特征。杜威此语是说，中国人常常将这句话放在嘴边，已经成了很明显的特征。

② 当时社会上谣传，曹汝霖和章宗祥已经出资300万元，雇人暗杀北京大学校长蔡元培。

③ 1919年5月9日晨，北京大学校长蔡元培不辞而别，离京出走。他先到天津，后经上海，然后隐居于杭州。

星期二，上午

前总统孙中山先生是一位哲学家，这是我昨晚和他共进晚餐的时候发现的。他写了一本书，就要出版了。[①]他在书里说，中国人的柔弱都是因为他们接受了一位古老哲学

---

① 杜威在这里提到的是孙中山的著作《孙文学说》，这也是孙中山所著《建国方略》中的第一部分"心理建设"。《建国方略》一书实际上是孙中山《民权初步》《实业计划》《孙文学说》三篇著述的合编。孙中山在后来的《建国方略·建国方略之一》的第四章中有言："倘仍有不信吾'行易知难'之说者，请细味孔子'民可使由之，不可使知之'，此'可'字当作'能'解。可知古之圣人亦尝见及，惜其语焉不详，故后人忽之，遂致渐入迷途，一往不返，深信'知之非艰，行之惟艰'之说，其流毒之烈，有致亡国灭种者，可不惧哉！中国、印度、安南、高丽等国之人，即信此说最笃者也。日本人亦信之，惟尚未深，故犹能维新改制而致富强也。欧美之人，则吾向未闻有信此说者。当此书第一版付梓之夕，适杜威博士至沪，予特以此质证之。博士曰：'吾欧美之人，只知"知之为难"耳，未闻"行之为难"也。'"可为旁证。

家的话，"非知之艰，行之惟艰"①。这样一来，他们不喜欢行动，而是认为可以通过理论的方式得到一种全面的了解。而日本的长处正在于，他们即便在盲目的情况下也依然行动，通过试误来向前推进，来学习。中国人则畏惧于在行动中犯什么错误，从而被束缚了手脚。因此，他写了这样一本书，要证明给人们看，"知难行易"。

在这里的美国人希望上议院能拒绝《巴黎和约》，因为它事实上助长了日本人颠覆中国的野心。我只谈这次和谈中的两件事。日本在中国的武装部队已经比日本本土的军队还多，达到了23个师团。日本掌管着中国，它对满洲基本实现了完全控制。他们强借中国两亿日元，用以发展和扩充这支军队。根据晚饭时候的谈话，出于军事目的，日本每个月都强行借贷给中国两百万日元，时长二十

---

① 孙中山在原书中有言："此思想之错误为何？即'知之非艰，行之为难'之说也。此说始于传说对武丁之言，由是数千年来，深中于中国之人心，已成牢不可破矣。""非知之艰，行之惟艰"，典出《尚书·商书·说命中》。

年。①日本预计这场战争会持续到 1921 年或者 1922 年，因此向德国提议成立攻守同盟。日本向其提供训练有素的中国军队，德国则将盟国在中国的租界和殖民地拱手让与日本。为了证明其诚意，德国已经将自己所占的中国领土让与日本。这一消息传到英国那里，他们就与日本签订了秘密协议，在将来战争结束的时候承认日本继承原属德国的特权。这些人不是感情用事的人，他们知道自己在说什么，而且他们有自己消息的可靠来源。有些说法已经是公认的事实——如军队的数量，两亿日元的借款——当然我也没法完全确证。但是我渐渐认为，拒绝这些由秘密协议和秘密外交所承认的条约是有必要的。在我看来，一个真正的国际联盟——要有点活力——才是整个东亚局势的唯

① 杜威在这里指的应当是"西原借款"。这是 1917 年至 1918 年间段祺瑞政府和日本政府签订的一系列公开和秘密借款的总称。 因日方经办人是日本内阁总理大臣寺内正毅挚友西原龟三而得名。日方此举主要是为了加强对中国的控制，段祺瑞政府则是为了编练效忠于自己的军队。其中有参战借款，但总价值为两千万日元，杜威所说的数字与之有出入。

一解决之道。这种局势要比我们美国本土的人所认为的更严峻。如果任凭这样发展，再过五年或者十年，全世界将会看到一个完全在日本军方控制之下的中国，除了两种别的可能——日本会因为压力而崩溃，或者整个亚洲都完全的布尔什维克化，我想这是一个受日本控制的中国各占一半的可能性。欧洲在东亚的政策完全是无效的。毫无疑问，这种政策也支配着美国。只要牵涉到印度，英国就会插手。但英国只是一味地拖延、放任，采取的政策就是所谓乐观的、"风物长宜放眼量"的观点。只有日本知道自己想要什么，并且在追逐猎物。

我仍旧相信日本自由主义运动的真诚性，但是他们缺乏一种道德勇气。他们，那些自由主义知识分子，与我们一样对实情一无所知，但是却清楚地想要保持这种无知，然后就是伟大的爱国主义。看看现在欧洲弱肉强食的样子，哪怕仅仅作为一种自卫，这种爱国主义也很容易被论证为是一种正确。

上海，5月13日

上一封信我草草收尾，因为似乎有可能会错过邮递时间，现在又过了一天，我有更多的东西想要告诉你们，也正好有时间讲一讲。中国有太多未经开采的资源，也有太多的人口。工厂早晨六点就开始工作，或者更早一点，但依旧无法吸纳足够的穷人，而且他们都有一种不愿意工作太多的心态。工厂在一天二十四小时中会换一趟班。他们一天能挣到银币两角或者三角，而小孩子们则从分文无收到九分不等，或者即便长大一点以后也最多只能挣到十一分。钢铁厂非常闲散，煤和石油工业也没有发展，而且他们没法建设铁路。到处都在燃烧木头，整个乡村都在枯萎，因为到处都被砍得光秃秃的。他们为全世界创设了瓷器工厂，但他们的餐盘却要从日本进口。他们生产着非常劣质的棉花，然后从日本进口棉布。任何数量的小物件，只要有用的，都是从日本进口的。日本存在于中国的任何一个城镇，就像一张网，在悄悄逼近鱼群。

中国所有的铁矿都成了日本的猎物，而且他们通过向北京政府行贿，确保了其中百分之八十都归其所有。如果你和一个中国人聊天，他会告诉你，中国没法发展，因为中国没有交通运输系统。和他谈修筑铁路，他则会告诉你中国应该拥有自己的铁路，但是因为没有材料，所以发展不起来。当你看到所有的杂草都被堆在路边，被用作灶台烧火时，你和他聊聊燃料，他却会告诉你，中国没法使用自己的煤矿，因为这些都有政府的插手。就在城市十里以内，有很多大型的煤矿，而且煤矿就在浅层，然而只有日本人才能利用这些矿产，哪怕它们就在扬子江的江畔。我们提到的铁矿就在江边，整座山的铁矿都是由日本人掌管，他们沿着扬子江驶来了一艘艘海船，直接在矿上开始装载。矿石被带下山，通过这一艘艘海船径直运回日本，而每吨煤日本人只给承担了所有开采工作的中国公司支付银元四元。

对中国而言，组建一个高效政府的最后希望随着南北和谈的结束而宣告破灭。[①] 这场和谈在这儿艰难地举办了数周。似乎从南方来的代表有充分的权力，可以果断行事，但是北方的代表则必须事事向北京的军政府汇报。因此，

---

① 1917年，北洋军阀废弃国会和临时约法，驱走总统黎元洪。孙中山在广州召开国会非常会议，揭起护法旗帜，并成立护法军政府，反对北洋军阀政府，形成南北对峙的局面。次年5月，桂系军阀排挤孙中山，控制了南方政府。第一次世界大战结束后，英美等国为了反对日本支持皖系独霸中国的企图，希望中国统一。北京政府总统徐世昌主张南北休战，举行议和。经过与广州军政府协商，双方同意停战并进行谈判。1919年2月，北京政府徐世昌派朱启钤，广州军政府岑春煊派唐绍仪在上海举行和谈。当时皖系军阀首领段祺瑞虽不再担任国务总理，但仍任"参战督办"，统率"参战军"，继续支用日本提供的"参战借款"，唆使亲信进攻陕西护法军等，引起南方代表的多次交涉和质问，和会因而中断。4月上旬双方改为秘密谈判，表面上就恢复国会等问题进行讨论，实际上为划分地盘、争夺权力而争吵，到"五四"运动发生后，南北和谈未能取得任何成果而破裂。

到最后他们都放弃了。前所未有的失望感笼罩中国，大家都说，再没有别的法子了。我们到处走动，推荐了很多方法，用以查明一些在我们国内很盛行的关于中国的错误印象，比如宣传里的内容，以及坚持用人民和政府之间的分歧来解释一切。但是，我们得到的回答都是："我们什么也做不了，我们没钱。"毫无疑问，中国人的自豪感消失了。一个在这里的美国官员说，对中国而言，除非是为了抵御外来的巨大力量，否则中国全无希望可言。他所谓的外来力量，当然包括日本。没有这个，中国将成为日本的猎物。日本人买下了这座城市里最好的地，用来做生意。在别的城市也是如此。日本从别的国家借钱，再以苛刻的条件向中国放贷。山东的割让促使众多的中国人认识到，这是他们最后的希望，他们已经被逼到了一个极端，这就要迫使他们采取行动了。人们已经开始抵制日货和日币，但许多人说这场运动不会彻底，因为在中国，对食物和衣服的需求还使得许多人挣扎在生存线上。从长远来看，除此之外的任何东西都不重要，可以被抛却。

教员们代表学生写的抗议文似乎被政府接收了。学生们在某种程度上也处在麻烦中,整个国家的所有大学和中学的学生们还有进行罢课的可能。圣约翰大学①的故事很是有趣。这是一家有美国圣公会背景的教会学校,是最顶尖的大学之一。学生们在最热的一天,步行足足十公里,参加游行,然后再走回来。有一些人因为烈日灼晒都晕倒在了路旁。但是当他们晚上返回学校的时候,发现一些低年级的学生正准备去参加一个音乐会。这一天是一个休息日,被称作"国耻纪念日",是日本提出《二十一条》的周年纪念。②所有的学校都会纪念这一天。对中国而言,这一天往往有大型会议和演说。这些学生就站在大门外头,

---

① 圣约翰大学,创建于1879年,原名圣约翰书院,是由美国圣公会上海主教施约瑟将原来的两所圣公会学校培雅书院和度恩书院合并而成。1905年,圣约翰书院正式升格为圣约翰大学,其入读学生多是政商名流的后代或富家子弟。1952年,圣约翰大学也被拆散并入上海多所高校,其原址在今天的华东政法大学校内。

② 1915年5月9日晚,中华民国时任大总统袁世凯经过与日本长期的谈判和周旋之后,被迫接受日本《二十一条》中的一至四号要求。此后,5月9日被全国教育联合会定为国耻日,称作"五九国耻"。

而音乐会就要开始了。负责人出来了，告诉他们，必须要进去参加音乐会。他们则回应说，他们就在那儿祈祷，因为国耻日用音乐会进行庆祝并不合适。首先是这位负责人要求他们进去，随后整个大学的校长也出来了，做了同样的要求。可以想见，这件事的结果是群情激愤。学生们说他们就在那儿守着，为了中国，这就好像布道者为耶稣基督之死而祈祷一样。这个纪念日对他们而言，就好像纪念耶稣之死一样。校长告诉他们，如果他们不进去的话，就把他们赶出学校。他真的这样做了。他们在那儿一直站到了早晨，其中有一个人就在附近住，便将同学们带去了他的屋子。这样一来，圣约翰大学就关了，校长也没有让步。①

我猜想着，如果不是因为会在世界范围内引起一系列巨大反应，中国人简直就会像他们当初对待传教士那样对

---

① 这一时期的圣约翰大学校长是美国人卜舫济（Francis Lister Hawks Pott, 1864 年 2 月 22 日—1947 年 3 月 7 日）。他素来主张教育与政治分离，反对以学校为基地从事政治运动，为此曾与热衷于从事政治运动的学生发生数次冲突事件。

待日本人。他们确实憎恶日本人，我们所见到的美国人也都对此表示同情。毫无疑问，在巴黎和会决定将德国人的租界归还给中国之前，日本随意许诺、赤裸裸地撒谎的行径是美国人无法忘掉的。所有这一切，还有中国的极度贫困，都是我在来之前未曾料想到的。

一个年老的小贩几乎每天都会现身，他看上去很严肃，但又非常热切，就好像是要参加什么仪式。例如，他有一串珠子项链——是精巧的、镶银的珐琅——索价到了十四元。最后他四元就高高兴兴地卖给我了，虽然，你也不能说他有多高兴。相反，他看上去有些忧郁，仿佛这桩买卖让他吃了亏，而不是让我们吃了亏。最好笑的是，有一次我们厌烦了讨价还价，把所有东西都放下了，要离开。他的动作和姿态哪怕是让一个专业演员见了也要称赞——根本就描述不出来，好像在说，"与其在我和我最亲密的私人朋友之间造成一点点误会，还不如我把我这里头的东西拱手送你"。当他把东西按我们出的价钱交到我们手上的时候，血色涌上了他的脸颊，一种天堂般温和的微笑从他脸上浮现出来。

学生联合会昨天碰头了，以投票的方式决定用电报告知政府，如果他们的四项——或者说五项——著名主张得不到实现，他们在下个星期一将要举行罢课。这些主张包括拒绝在《巴黎和约》上签字，惩罚因为受贿而与日本签订秘密协议的卖国贼，等等。但是在我看来，学生联合会比起学生来保守多了，有小道消息说今天上午就会开始罢课。他们尤为愤怒，因为警察禁止他们在户外进行集会——这也是现在主张中的一项——而且省议会在承诺扶持教育之后，提升了自己的薪水，这是从一个很小的教育基金中抽钱来办的这件事。在别的地区，当这样的事情发生的时候，学生们已经暴动了，而且会在议事厅大打出手。在这里有一个抗议联合会，学生们很激动，要求行动。有一部分教师，据我的判断，很同情这些孩子们，不只同情他们的目的，而且同情他们的方法。有一些人认为，采取一些经过深思熟虑的行动，尽可能地使学生们更有组织性，更成系统，是自己的道德责任。还有一些人坚持着老一辈中国人的观点，认为没有什么是确定的，不知道结果是好是坏。对旁观者而言，这些小婴孩和乳臭未干的孩子没有任何经验，也没有任何先例曾经拯救过中国——如果他们真决定干的话。这是一种很可怕的假设。难怪日本会那么有力而乐观地认为，自己注定要统治中国。

我不是想要去做一个沙文主义者。但是美国要么跟远东问题完全撇清关系，说"这不是我的事，你们自己处理，想怎么弄怎么弄"。要么就积极地、带点侵略性地让日本为它的侵略行径负责，而且此刻日本就在干着这样的事。令人作呕的一点是，我们一方面允许日本将我们置于防御的、规劝的一方，另一方面又大谈门户开放政策，而日本早就已经将中国的大门锁起来了，钥匙就在日本自己的兜里。我明白了，并且相信了在中国的美国人都在说的一句话——现在控制着日本对华政策的军部，对什么都在意，唯独不会在意一些积极的行动。他们准备着以强力压制这些行动，因为我们的恐惧和软弱只会为他们壮胆，让他们越走越远。只有真的撞上了对抗的力量，他们才会退缩。

我说的力量并不是指军队力量，但毫无疑问应当是一些积极的宣言，澄清日本不能做什么，这将起到效果。现在的日本想要搅起中国人仇视外国人的情绪，让他们相信美国和英国要为中国没能收回山东负责，同时也出于同样的目的，谈论种族隔离。我不知道日本间谍在普通民众中起到了什么样的效果，但是商人阶层已经开始寻求外国介入，以扭转形势——首先减轻了对日本的依赖；与此同时，推翻这个腐败的掌控着中国的军政府，以向外贸易。这两者其实是一枚硬币的两面。对国际联盟而言，这其实是一份很好的工作。当然，如果真的有这么一个国际联盟的话。经过了这么长的时间，这一点反而是最可疑的。

事实上，学生们最容易向我问到的问题是："我们所有关于永久和平和世界主义的希望都在巴黎破碎了，这已经说明了，强权就是真理。强国总是为了自己的目的牺牲弱国。那么，难道中国就不应该将军国主义也纳入我们的教育体系吗？"

南京，5 月 18 日

毫无疑问我们还在中国。有人告诉过我们，杭州是中国最为富庶的城市之一。见到这座城市之后，我相信了这句话。有一座巨大的城墙环绕着它，据说有 21 英里，也有说33 英里的——我猜是后者。[1] 然而这当中有数百亩地都是农田。今天下午，我们被带去了城墙。据这里的地形来看，它的高度从 15 英尺到 79 英尺不等，宽度从 12 英尺到 30英尺不等，是用烧制而成的坚硬砖头垒成的。一块砖能有

---

[1] 杭州最早的筑城历史可追溯到隋朝时期，在南宋时到达顶峰。但进入近现代之后，为了修路，许多城门和城墙被拆除。1958 年，庆春门附近最后一段城墙被拆除，杭州城墙不复存在。

我们美国砖头的三块那么大。在大的城墙里头，他们往往还有一个小的内城，被称作皇城，或者满城。但是自革命以后，这些内城都被拆掉了。据我猜测，这一方面是为了表现对满人的轻视，另一方面是为了利用这些砖头。这些砖头有人贩卖，一块三分或者四分钱，都是用独轮手推车装载的，当然了，这车是人力的。这里房屋的院墙都是用这些砖块垒起来的，他们在大学操场里还储存了好几千块。这些砖块被人用手擦拭，由此，你们就多少能知道在中国，材料与人力的相对价值比了。现在我开始讲一讲这里的景观——很典型的中国景观，旁边是秃山，底下遍布坟墓，就像是动物的洞窟和高尔夫的球洞。农民的房子是石制的，覆有茅草，看上去很像是在爱尔兰或者法兰西。果园里的石榴树开满了绯红色的花朵，还有一些别的水果。一些长势良好的农田已经开始发芽了，还有一些在进行整备，每块田上都有十个人或者十二个人在工作。果园里到处点缀着甜瓜。城墙延伸到好几里远的地方，有一座山，一座塔，一片盛开着莲花的湖泊，还有远方蓝色的山峦——也能见到城市，只是模模糊糊，看得不那么清楚。

在这一带转悠，最有趣的一件事就是，我只有一次见到了一张典型的中国人的脸。我在很长一段时间里都忘了他们是中国人。他们就像是全世界任何一个地方的可怜人一样，不那么干净，贫困。但是，他们却不那么痛苦，反而很快乐。我真想有好几百万的钱，给他们建运动场，给他们玩具，教他们游戏。我真切地以为，中国的一个祸端，即对孩子严重缺乏最初的教导，不能给他指明一些基本的道理，很大程度上是因为孩子们被生得太快。在这个人口已经达到三十万的城市，给孩子开设的学校却不足一百所，而每所学校只不过几百名学生罢了——最多两百或者三百。街上的孩子常常只是在东张西望。他们很聪明，模样都长开了，也应该很快乐，但是却有一种令人难以忍受的老成和严肃。毫无疑问，很多孩子在织布机前工作，或者在他们更小的时候就开始摇纱了。这里有好多缫丝厂，我们参观的政府开办的工厂里，好几百人在同时工作。这至少使他们可以养活自己。这里没有一处是用机械力量纺纱的，甚至连一台雅卡尔①式的织布机都没有。有时候是一个男孩站在高处拨弄着，有时候是好几个人踩着六个还是八个脚踏板。大多数摇纱机甚至不是靠脚踩，而是用手，虽然他们的机器比日本的更别具匠心。这里有很多地方都需要改进，但是所有的事情都牵连在了一起，改变是非常困难的。毫不奇怪的是，任何一个待在这里的人，都会因为喜欢上中国人和蔼的个性，而多多少少变得中国化。

就在现在，因为目前的政治局势、抵制日本等原因，学生们成立了一个爱国同盟。但是，南京大学的老师们说，他们不是专注于两三件他们能够做好的事，而是提出了一个野心太大的计划，想囊括所有事情。等他们真的把这个复杂的组织建立起来的时候，或者遇到一些会打击他们积

---

① 约瑟夫·玛丽·雅卡尔（Joseph Marie Jacquard，1752年7月7日—1834年8月7日），法国发明家，生于里昂。他设计出了人类历史上首台可设计织布机——雅卡尔织布机。这种机器使普通织工都能织出极为精美的式样，曾被拿破仑授予勋章。他去世时，这种机器已在西方发达国家得到广泛应用。

极性的困难的时候，他们的精力也就耗尽了。甚至，即便只是做一些力所能及的事情也会让他们精疲力尽。我不知道我有没有告诉你们一家上海裁缝店店员的故事。他有着中国人常有的宿命态度，认为对于当前的状况什么都无济于事。他说，抵制日货固然是一件好事，但是"中国人心灵太软弱，没过多久就会把这件事儿给忘了"。

许多不同的地方都悬挂着草帽，涂满了中国汉字。有人会拦住路人，如果路人的帽子是日本制的话，就得摘掉。这似乎很自然，没人阻拦。日本商店的门口站着警察，他们不让任何人进去。他们是在"保护"日本商店。这就是中国的特点。所有的警察都带着枪，配有刺刀。他们人数众多，但是却无精打采，无聊得要死。另一班觉得无聊的则是军犬，数量更多，彻底地趴在那里，完全不会站起来，也没有机会做任何事情。

我们参观了旧时的考试大楼①，现在正被拆除。这里的单间大约有两万五千个，在过去的考试期间，所有为功名而参加考试的人都被关在里面。我所说的这些小单间是一排一排修起来的，有一个单坡的屋顶，大多是在一个开放的走廊中面对面敞开着，没有掩盖。其中有一些对着一堵墙，那就是下一排单间的背面。单间只有两英尺或者一英尺半宽，四英尺长。单间里靠着墙的两面各有一个隆起，一个有椅子那么高，一个有桌子那么高。在过去，会摆着两块木板，两英尺半长，这就是他们的家具了。他们就在这样的单间里坐、写、做饭、吃饭、睡觉。在不下雨的情况下，他们可以把脚伸到走廊里去，这样就能使脚接触到坚实的地面了。考试要持续八天，分为两个部分。他们在八月八日的晚上进去，一直到十三日的下午，他们都在写第一科。然后离开一天，在十四日的晚上，他们又重新回到这些单

---

① 杜威参观的是南京"江南贡院"，位于南京城南秦淮河边，毗邻夫子庙，是中国古代最大的科举考场。现已改为中国科举博物馆。

间，开始第二阶段，一直到十六日晚上结束。在走廊的时候，他们可以自由地与人交流。但这个走廊是对外封闭的。任何人，无论出于任何理由，都不得从外面与他们接触，这种行为常常是死罪。但是，只要他们能够把一个自己熟识的朋友放到走廊里去，即便是全中国最笨的人，也可以让朋友代他写完文章，如果通过的话，他就能获得一个学士学位，或者与之相当的某种头衔。这就是中国创设的举世闻名的文官制度。准备这场考试不是政府的事，但是学子们可以通过各种可能的渠道获得这一资格。考试间依旧还保持着很好的状态，可以很容易地就被改造为一间学校。但是，你认为他们会做这样的事吗？根本不会。政府没有下令在这里修筑学校，因此这里会被拆掉，或者用于办公。如果不是亲眼所见，你根本想象不到这里的官僚之风有多么严重。我们还参观了一所孔庙，非常大，每年被使用两次。就像所有的寺庙一样，这所孔庙积满了灰，恐怕是好多年了的了。如果你去了任何一家中国寺庙，你都会认为自己到了一个被人们遗忘、荒废了的不毛之地。我们星期天去了一家供奉阎王的庙，陪伴我们的绅士向住持建议把灰扫一扫。"是啊，"住持回答道，"如果扫一扫的话，是要好得多。"

南京，星期四，5 月 22 日

从日本留学回来的学生憎恨日本，但他们所有人又都和留美回国的人不和，且组织分散，没法合往一处。许多回国的留学生没有工作，很明显是因为他们不愿意去做事，或者不愿意从底层做起。另外，官员也对他们充满强烈的敌意。

关于这里做事的方式，我们有一个例子，有一封快信从上海寄来，足足花了四天。但它本来应该在十二个小时内就到达的。人们在这里用快信而不是电报，因为前者更快。无论喜欢也罢，不喜欢也罢，如果你寄一封信，一定会花不少时间，然后你就开始纳闷，为什么不能及时到达。

做这样的事情，你得承担风险和损失。中国人并不是像日本人那样，故意瞒骗外国人，他们只是拖延罢了。他们自己也总是相互瞒骗。

我们住的地方与火车站有四里远。这里没有有轨电车，却有很多黄包车、一些马车和零星的汽车。这里没有轿子，至少我不记得曾经见过。但在我们前些天去过的镇江，街道是如此的窄，轿子则成为主要的交通工具。黄包车夫为了自己的车，每天要给城市交四角银币。这些人都很相像，极为贫困。他们能为自己挣的钱差不多就是这个数。在上海，他们为了自己工作的资格，要交九角银币，但是只能给自己挣到一元钱，或者一元半。

有一天，我和一位年轻的教授说，中国仍在供养着三种闲散阶级。他看上去有些吃惊，一个学生和一位社会批评家问我是哪三种。我回答说，是不是官员、和尚和军队？他说，是，可能是。一切就到这里为止，再没有后续。这就是他们思考和行动的模式，尤其是他们行动的模式。

南京，5月23日

我相信，谁都不知道政治的前景会是什么样。学生运动已经引入了一个全新的、目前还无法估量的因素——这三周我们都在这儿。一开始，你们可能只听说了对中国政治的失望，腐败而卖国的官员，士兵发饷要靠抢，官员们的工资要靠日本支付，没有任何一种组织力量能凝聚中国，等等。随后，学生们掌握了一切，有了一种活力，突然开始蠢蠢欲动。数百名学生在这里接受训练，然后走出去进行演讲。他们将要在整个城市里开设一百个不同的站点。还有人说，士兵们也回应了爱国宣传。有一个人告诉我们，当一些学生向士兵们讲解中国遇到的困难时，他们流下了眼泪。山东——这个省被割让给了日本——的士兵发电报给其他省份的长官，要求抵抗腐败的卖国贼。毫无疑问，他们害怕这只是电光火石的一瞬，但是他们已经开始谋划让学生运动永远持续下去了。在这一切办妥之后再做一些什么？他们的想法是将他们重新改组为平民教育宣传队，面向更多的学校，教育成年人，进行社会服务，等等。

将那些曾经留洋的人和没有留洋的人进行对比是很有趣的一件事——我指的是学生和老师们。实际上，那些没有留过洋的人多少有些无助，尤其就文学和学术方面所能达到的成就而言。而那些留过洋的人，哪怕是留学日本，也远远超过了这批人。当然，在中国的教育模式中，古典学问家享有很崇高的地位，只要这种教育模式还会持续下去。而且，在旧式的中国文学中一定有一些东西从审美上看是非常精湛的，即便是许多现在的年轻人也在感情上与之很亲近，就好像他们要锤炼自己的书法一样。谈论这些东西时，全是艺术行话："要注意到这一个竖笔的力道，这一个横画的精神，还有间架结构的优雅律动。"当我们有一天去参观一所据说是中国佛教圣地之一的寺庙时，有人给我们介绍了一幅中国最卓越的书法家的摹拓本——这些字是好几个世纪前根据他的字迹刻写在这些岩石上的——我不是很懂。很容易看出来，在政治遍布腐败，社会生活状态令人心灰意冷的时候，这些文化人很容易在艺术和精神中寻求庇护。你们能看到，这最终会助长某种颓废。

我想，我们曾经在上海的时候就给你们写信说过，有人给我们介绍过中国的所有稀罕事物，比如皮蛋、鱼翅、燕窝、鸽子蛋、八宝饭等。我们还在享用中国美食。昨天的午饭是在一位军事顾问的家里吃的。他非常直爽，并不偏执于政治，让你对中国产生一种更有希望的感觉。最让人感到压抑的就是听别人说："只要等我们有了一个稳定的政府，我们就能够做这个做那个，但是现在还做不到。"然而这个人的态度是："现在的政府确实糟糕，但是还是要向前看，要做事。"他骄傲于自己有一个"快乐的基督教家庭"，并不像大部分官员和富商那样，对自己的基督教信仰遮遮掩掩。他希望自己的女儿去美国接受教育，一个学医，一个学家政，从而在一场旨在改变中国家庭特质的运动中帮上忙——中国家庭往往是总计五十来个人住在一起，包括结了婚的孩子，仆人，等等。他说这当中有巨大的浪费，更不用说其中的争吵和妒忌。在这样旧式的小康之家里，有些人可能七点就开始吃早饭，而有些人则需要中午的时候给他们做饭。到了两点，如果有客人来访，仆人们又要给每位访客做点东西——据他说，这里头根本没有组织和计划可言。

南京，星期一，5月26日

　　学生们所面临的问题变得日益严重了，教员中即便是最温和的人也日益焦虑起来。这个首都所属的省的主席[①]，被认为是最开明的。他曾承诺支持教育中的进步之举。上周星期五，议会通过了一项法案，削减教育经费，提升他们自己的工资。因此，学生们现在骚动不已，教员担心学生很难控制，除非能够有序地组织一场罢课。与此同时，我们的朋友来回在议会和政府之间奔走。政府已经承诺，当参议院把这份法案提交过来的时候予以否决。但是

[①] 这一时期的江苏省省长为齐耀琳（1862—1949）。

学生们日益焦虑，自己跑去参议院了。我们的朋友说，这些人想要被选上，得花上很大一笔钱，当他们被选上之后自然要把本捞回来。一位传教士说："让我们去把他们都枪毙掉吧。他们就和北京的那伙人一样坏。他们只要有机会，就会把整个国家都卖给日本，或者卖给任何人。"当然，中国需要完备的教育，但是如果他们只是这么小打小闹的话，那这件事永远办不成。因此，他们或许需要一次彻底的变革，否则，不是成功就是失败。

昨天，一位中国妇女与我喝茶，我们谈到了"太太"这个词，这是对官员夫人的称呼，相当于过去的"夫人"。很有趣的是，每位太太都有自己的仆人，大多数子女也有仆人。有一些太太似乎有两个仆人，一个没有缠过足，伺候她自己；还有一个缠过脚，作为保姆，伺候她的子女。她自己的仆人为她递茶。同时，还要像对待成年人那样照料所有的孩子。在主人享受完之后，仆人去厨房吃点东西。我不知道那会是什么，但我猜可能是劣等的茶。我们所饮的茶是产自杭州的名贵茉莉花茶。在这儿，它大概要卖到一磅十五元。真的非常棒，有一种特别的花香，像是麝香，烟雾缭绕，茉莉花和茶叶混在一起，味道很强烈。这是一种很美味的褐色茶叶，但我对它喜欢的程度不及绿茶。

　　我希望你们能见见这些太太们。我们的女主人是一位官员的妻子，大约二十五岁，或者稍稍大一点。她实际上是很年轻的，天然足，穿着一件淡蓝色裙子和有扇形饰边的外套，镶着黑色绸缎。她美丽的秀发披向右侧，而左耳带有一朵白色的人造玫瑰。她的女仆有黑色外套和裤子。她戴着手镯，但是她的珠宝不及其他几位女性的漂亮。有一位非常可爱的女性，外套的衣扣是翡翠，绕以珍珠，手上也是珍珠手镯。喝完茶之后，这些贵妇人都进了一间里屋，留下了两位在这里。我看着她，最后有机会问她有几个孩子。她说她还没有孩子，但是想要一个姑娘。之后我被告知，她的丈夫是位基督教牧师，她也在努力成为一个基督教徒。站在我们旁边的另一位，是那位穿着有翡翠衣扣外套的可爱女子。我猜想那些离开我们的太太们是去玩牌了，于是我问能不能去看看她们。结果，她们没有玩牌，只是聊一些家长里短，也可能聊聊外国人。其中一位太太说，将来有时间她要带我去看她们的牌局。据说她们早上玩，下午玩，晚上也玩，一直玩到第二天凌晨睡觉之前。很多人都说，这就是她们做的唯一的事情，输的钱有时候会是很大一笔。

　　但是这一次她们没有玩牌，于是又回来了，有些人带着自己的孩子，坐在一排排椅子上，和我聊天。大概有十六个人吧，还有一些女仆绕着屋子站着。我说了说美国女性在战争期间的故事，她们都带着惊异的目光盯着我看。我必须解释防毒面具是什么，她们也明白杀戮和贵族是什么。她们发出的咯咯笑声让交流越来越顺利。一个很可爱的、从大学里来的年轻女子负责口译，我停下来，希望她们给我讲讲她们的生活。于是这群太太中的领头人最后被说服了，站出来，给我讲了讲她们是怎么抚养孩子的。这些孩子还谈不上有自我意识，虽然按照我们的理解，也谈不上什么礼貌，但是他们自制而绅士，给人一种很好的印象。领头的太太说，她有两个小男孩，大的那个六岁了。在早晨，会有一位中国的私人教师教导他。在晚饭后，则由她自己教他音乐，这是她非常喜欢的。她们会一直玩到五点半，吃晚饭，再玩一会儿，就上床睡觉。到十三岁的时候，这个男孩会被送去学校。我问她女孩会什么样，她告诉我，她的小侄女是整个家族里第一个被送去学校的，这个十岁的小姑娘去的是一所天津的寄宿制学校。

北京，星期天，6 月 1 日

我们在这里遇到了一位从内陆省份来的年轻人，他正在为一些很长时间没有拿到工资的教师讨要工资。与此同时，全国大约百分之六十的支出都给了军队，而这帮军队不仅无能，简直比无能还糟糕。在许多省份，军队就是由土匪构成的，各地实际上由督军或者军事长官控制着。这些人非常腐败，用这些钱中饱私囊，养活自己的军队，从而更有力地镇压当地。而且军队的头目是公开亲日的。

此刻，我们能有一个休息的间歇。我们昨天都达成了共识，在过去四个月里，我们所学到的东西比我们之前的一生所学到的东西都要多。尤其是上个月，我觉得有太多东西需要消化。谈谈这个神秘而狡猾的东方吧。与欧洲相比，东方人用一个大盘子将一堆信息端上来（必须承认，有时候盘子上的标签是混乱的），然后你身边就像沙袋那样堆满了这类信息。

昨天，我们去了西山，它的景致就和你们在照片中见到的一样，包括那艘石船，石船的基座是真的大理石，和照片中一样的美。但是别的东西则假得夸张，多多少少都有些凋落了。然而，正如它被赞扬的那样，它在某些方面比凡尔赛宫更神秘。我想，你自然会将凡尔赛宫与之做对比吧。从建筑上讲，最精彩的是一座佛教寺庙，有许多大砖块，每一块砖上面都雕刻着一尊佛——想要知道更多细节的话，就看看电影或者别的什么东西。我们走过的地方比俄罗斯的山更高，还穿过了一个山洞，整个山都是人工垒成的，这是中国人最喜欢干的事情。然后我们一路到了这座寺庙。满族人似乎还掌管着这座寺庙，要了很大一笔钱，或者说是好几笔钱，那钱就像尼亚加拉大瀑布一样多，才让我们进去了——这又是一个明证，证明中国还需要一场革命，或者确切地说，需要一场真正的革命。前一场革命终结了一个朝代，但导致的结果正如我在之前的信里所说的那样，一大帮腐败的军阀趁机把持了局面。我唯一看明白了的、能够解释种种现象的事就是，这些军阀和统治者只会为自己攫取更多的利益。他们所害怕的就是有谁会引起一场彻底的运动，让这一切在他们眼皮底下覆灭。维持现状就是中国的显著特征，大多数是现状，还有一点点是维持。这个国家的座右铭包括"谁知道呢""就这样吧"，我还要再补充一条，那就是"糟透了"。他们不会去解决问题，只是很自在地把弱点和糟糕的地方都暴露出来，然后极其平静而又客观地说，"糟透了"。我不知道，有没有可能让一个民族过分理性，但是因为过分理性而招致很多代价则是有可能的——这就是中国人了。当然了，这一点使得中国人是很好的伙伴。当日本人不再拼尽全力的时候，你已经很难再责怪他们，催促他们，或者给他们打气之类的了。当然，你也会看见日本人出了名的专心致志，以及其带来的负面效应。任何事物都是如此。如果你始终在坚持着做一件事情，我不知道你是否还需要让自己专心致志。你所需要做的唯一一件事就是让一切保持运转就行了。你已经开始了，而此刻别人还在享乐，或者没有开始。

今天早上我们去了一家著名的博物馆，其中有一件事情，中国人依旧是领先的。博物馆坐落于紫禁城的旧宫殿或者议事厅里头。黄瓷瓦铺成的屋顶，红色、蓝色、绿色、金色的墙，这确实就是你们曾经读到过的、也是当你想到东方的时候第一个跳进脑海里的东西。印度传来的影响较之于我们曾经参观过的别的任何地方都要强，或者我猜，实际上是西藏的影响。还有很多东西让人想到穆斯林。北京城是一座千年古城，有规划地建成，而欧洲城市的完成则是偶发的。或者说，如果中国人真的想要做的时候，他们还是有组织规划的才能的。这座博物馆本身就是珍宝、瓷器、青铜、玉器等物品的陈列所，而不仅仅是一座关于历史和陈旧之物的博物馆。进到这里头的花园要花费银元一角，进博物馆则花得更多，我猜是一元或者更多一点。我们的印象是，博物馆更害怕吵闹和人群，而不是想要挣那点钱。如果是从盈利的角度出发，这票价也太高了。

北京，6月1日

　　我们刚刚看见了好几百名女生从美国教会学校中出来，求见大总统，要求他释放那些因为在街头演讲而被投入监狱的男同学。如果说在中国的生活令人激动，那是实话。我们正亲眼见证着一个国家的诞生，而诞生总是伴随着艰辛的。每每有什么事情发生，一等它结束我就写信告诉你们，但是事情变化得太快，以至于我都来不及写。昨天，我们去参观了西山的佛教寺庙，这是教育部的一位官员组织的。当我们在一条穿过城墙的大路上飞驰而过的时候，我们见到了学生在向平民演讲。好几天以来，这是学生头一回现身了。我们问了官员，这些学生会被拘捕吗。

他说："不会的，只要他们恪守法律，不给人们惹麻烦。"

今天早上，我们拿到了报纸，上面没什么大事。最糟糕的是，大学已经变为监狱[①]，到处都是军营，在外面贴有一张告示，说这里就是那些以演讲扰乱和平的学生的监狱。这是完全非法的，意味着以军事力量占领了一所大学，而所有的教员也不得不因此辞职。他们会在今天下午开会，商讨此事。等到一切都结束了，我们可能会再一次明白到底都发生了些什么。我们听说的另外一件事是，有两百名学生被锁在法科的楼里，此外，还有两名学生被带去了警察局，背上挨了鞭子。这两名学生当时在发表演讲，在宪兵长官的面前被带走了。这两名学生没有像这些人所希望的那样闭上嘴，而是问了一些让长官非常尴尬的问题。于是长官在他们背上抽了鞭子。自那以后，再也没人见过长官了。如果长官们拒绝这一指控，那么记者们将根据条例要求去探望这两名被关起来的学生，长官是没有理由拒绝

[①] 学生被警察逮捕后就被监禁在北京大学三院的楼里。

的，除非这事是真的。在大概上午十一点的时候，我们在找房子的时候，见到了学生在发表演讲。随后就听说他们被逮捕了，他们还在自己的包里装好了牙刷和毛巾。有个说法是，远不止两百人，而是足足一千人被拘捕了。单单在北京这一个地方就有大约一万人参加示威游行。女孩子们也站出来了，这对她们的老师而言明显是一次冲击，许多母亲也在那里，目送她们。女孩们是走去总统官邸的，从学校到那里有很长一段距离。如果总统不见她们，她们会坚持整宿站在外面，直至他出来见她们。我希望人们能给她们带去食物。我们听说有一个被关押的学生直到今天凌晨四点才上了床，但是一直没有吃饭。那里的大楼里有水，也有空间让他们躺在地上。如果被关到真正的监狱里去，他们会脏得多，而且，大家都在一起，无疑要愉快得多。

北京，6 月 2 日

你们或许想要知道我们今天早晨都是什么样子，我们是如何生活的。首先，这里有一个很大的酒店，每间房屋都有浴室。对着我们的马路那侧是使馆区的围墙。那里有树木和巨大的屋顶，代表着中国应当有却没有的东西。这里的天气就像是我们燥热的七月，除了一点，这里比长岛①的八月份还要干。我猜，北京的街道是世界上最敞阔的街道。我们的向导们站在中国的红墙下，还有雄伟的大门，这些你都能在照片里看到。中间铺有碎石，但是在两边都

---

① 长岛是美国纽约州的一座岛屿。

有更为宽敞的大道，这才是用作交通的。托你的福，我们在北京也有很好的马。人们不是把什么重的都往自己身上驮。两边的道路都有深深的车辙，里面积满了灰，只要有人踩过，或者有车驶过，就会散到空气中去。我们的房间就在这条路上，面朝南。一整天，太阳都会透过竹帘子倾洒进来，热热的空气带来了灰色的沙尘，你所碰触到的每一件事物，甚至包括你自己的皮肤，都是有沙砾的，那种古怪而干燥的感觉让你觉得很想跳进水里。我学会了在下午就关上窗户，挂起帘子。同样纬度的纽约，只能在春天的时候才有这般的干燥，这一点岂不是很奇怪？尽管如此，田地里的农作物开始生长了，但是在这坚硬而满是灰尘的土地上，长势无疑很差。这里只有很少的树，它们也不是最大的。麦子要收获了，洋葱已经成熟了。不久之后，就会下起越来越大的雨，到时候就会栽种更多的庄稼。花儿都已经开过了，我们没有看到远近闻名的牡丹，这一点让我感到遗憾。他们刻意将牡丹栽种得很小，对此你一定感到有趣。即便是呈树状的牡丹，他们也会砍断，一直砍到我们美国那般小。根茎状的牡丹每年都会移栽，以确保它的娇小和美艳。当然，也有可能用别的办法。我见过白色的牡丹，乍一看还以为是玫瑰呢。它的花蕾就和我们的大白牡丹的花蕾是一样的，而且格外芳香。牡丹的花床常常被设计为长方形或者圆形的平台，围有砖墙，就像是在桌子上摆了一块布丁的模型。别的时候，它们都被栽种在地里，绕着一道竹篱笆，那竹篱笆设计得很精美，呈现出几何图案，是正方形，从而容下所有分枝。内城有许多这样的牡丹花床，无论是树状的，还是根茎状的，但是现在能展示给世人的只剩下它们的叶子了。

　　昨天，我们去了颐和园，今天我们要去博物馆。真的是在紫禁城的内部，这样一来，我们至少也踏足圣地了。颐和园非常漂亮，但是现在很让人伤感，就像所有那些修建的时候太有野心而不能适应人们日常生活的东西一样。这儿有一个一里长的凉廊，装饰着绿的、蓝的、红的绘画，在你们看来肯定很伪劣。透过窗子，我们能看到著名的慈禧太后的画像，就跟当初在纽约展览的时候我所见到的一样。奇怪的地方是，这个园子仍旧归爱新觉罗家族所有。房子内铺着大幅的、花费不菲的地毯和帷幕，到处都布满了灰尘，甚至都看不出来一张桌子桌面上的颜色。老太太画像下陈列着景泰蓝，或者是别的知名的蓝色器皿。什么东西都是陈旧不堪的，像是被毁掉了一样。与此同时，我们到处转了转，想着等革命到来的时候，这样的地方能怎样被人利用起来。不要相信所谓的中国已经革命了，现在它是一个共和国之类的说法，这是我们在美国被灌输的说法。中国现在依旧是官僚制度的腐朽残渣，到处都有清王朝的腐朽之气，这也使得这种颓败成为可能。小皇帝还住在这儿，在他的宫殿里，绕在他身边的是几个宦官、教师，还有两位母后。他十四岁了，大家还把他当作皇帝保留在这儿，真是很有趣。但是，除了共和国每年给他的那点钱①，他什么都没有。没人在乎他，除了日本人。日本人想要在自己完全掌控中国前，把这个帝国政府重新扶持起来。似乎，他们已经准备就绪了，除了在巴黎和会上再推进一步。你们最好读一读关于当下局势的一本书，因为这是我们这一生中遇到的最有趣的一件事了。

昨天我们去参观了一位朋友的房子。很有趣的房子，我就应该住在一栋这样的房子里。除了挑水人每天挑过来的水，再没多的了。这个小小的房子有十八个房间，中间是天井。这意味着它有四个分开的屋顶和对外的大门，可以从一个走到另一个那里。温度计如果指向零下二十度，那可能真就会有这么冷吧。整个地板都是石头。我们没有

---

① 根据《宣统帝退位诏书》，清朝末代皇帝溥仪在退位之后，尊号仍存不废，皇室费用每年 400 万两白银，由中华民国政府拨付。而且故宫、颐和园等地仍作为皇室私产，由清室内务府管理。尤其颐和园，原被准备作为溥仪将来迁出紫禁城后的常住之地。之后因为北洋政府财政困难，皇室费用逐年缺欠，为增加财源，才逐步对外开放，同时收取门票。

把所有房间都参观完，房间的窗户有些是纸窗户，有些是玻璃窗户。夏天，他们会在天井上搭建一个临时的大棚顶。它高过所有的屋顶，这样既能保持通风，也能遮阴。

6月5日

此刻是星期四的早晨。昨天晚上，我们听说，大约一千名学生在前天被捕。昨天下午，一位朋友拿到了通行证，可以去学生们被监禁的建筑物内探望。他们挤满了法科的楼，现在开始挤进理科的楼了，这导致教员们不得不在传教的地方召开了教员大会。到昨天下午四点的时候，十点被逮捕的那拨人还没有吃饭。我们的一位朋友出去要求大学拨了一笔钱，然后订购了一车的面包，送了进去。所谓面包就是一些小饼干罢了，有时候我们在美国称之为发酵饼干。所谓的一车，我想也不过是他们平时运东西的手推车罢了。无论如何，这些孩子有了食物，虽然不是警察花的这笔钱。总体来说，警察的溃败已经是注定的了。他们很快就会占满整栋建筑，而且有越来越多的学生热情地涌来。最难以置信的是，警察也很吃惊。他们原本确实以为，抓捕一批人会吓退别的人。这样一来，每个人都接受了教育。这个早上，我们的一位朋友要带我们去大学，看一看军队的帐篷，我还挺希望他能带我们进去看看，虽然我觉得他做不到。

就我所能明白的而言，中国已经发展到了一个很有趣的阶段，他们必须要为女性做点什么了，至少要尽可能地做一点什么。但是当他们真的要建一所女子学校的时候，他们会发现，一块交通便利的地方可能住着一位卸任的官员，而他最受不了普通百姓。

没有人能说清楚，学生的游行将会带来什么。可能会带来一场革命，可能会是任何一件让警察也大吃一惊的事。警察本来是以想象力发达而知名的，但这些警察似乎缺乏想象力。这儿的每个人都在准备着避暑，因为到了七月确实非常热。总体说来，这里的热比纽约的热要好受一些，因为这儿比较干。但是，干燥也有影响，当这些强劲的风刮起沙尘的风暴时，简直要令人神经崩溃了。沙尘在房间里堆积，从内到外割划着人的皮肤。今天很是幸运，有云，又有点雾，像是要下雨的样子。

西山是很值得留恋的。从一辆福特牌豪华汽车，到一个有四人抬的轿子，旁边还有一个人盯着，我们就是这样被带到了庙里。你们的爸爸，一位教育部门的官员，还有我。那个人在沙尘中穿过小径，一路踩着石子儿，却也没有想着要捡一下。这样的地方被称作度假胜地真是令人大吃一惊，我们只能看着，什么话都说不出来。我们只见到了三座庙和一个皇家园林。一座庙里有五百名和尚，有的建筑是残损破败的。在一座山的顶峰，有一个巨大的建筑，是大概四百年前的一个人耗银百万或者更多给自己修的墓地。随后，他做了什么错事，可能是与一个错误的人勾结到一起，就不被允许葬在这里了。[①] 在寺庙殿堂的周围是树和绿油油的草地，还有好几处漂亮的泉水。所有的时候，我们都在说："应该栽树啊。"答案往往是"是啊，但是，树要长起来太花时间了"，或者"是啊，但是它们长不起来，这儿太干了"，等等。有时候他们会说："是啊，我想我们将来什么时候会栽好多树的。但是我们有植树节，同时人们又在砍树，或者做了别的事情。"我们想要证明，这些树是能长起来的，因为它们就绕着寺庙生长着，草地周围也有树，只要草能长，树也能长，即便在这样干燥的天气下。但是，他们还是那套答词。这就使得在南京

---

① 杜威夫妇此行去的是西山碧云寺。明代武宗正德十一年（1516年），以佞幸得宠的御马监太监于经相中了这块风水宝地，利用税收和从皇帝处所得钱财扩建了碧云寺，并立冢域于寺后，又在冢上种植了青松作为死后葬身之所。后来于经下狱庾死，葬身碧云寺的打算也落空。明熹宗天启三年（1623年），魏忠贤也看中了这块宝地，再度扩建碧云寺，又在于经墓穴基础上加工扩建，作为自己死后墓地。但五年后魏忠贤也获罪，墓穴遂废。但杜威夫人明确提到"大概四百年前"，故而在文中谈的应该是于经，而非魏忠贤。

成立的那个小小的林业站像是个有纪念碑意义的进步。可怖的太阳还在炙烤着石子儿下面的灰尘，当我们坐在轿子里时，轿子的晃动就像是在给我们做瑞典式按摩。当我们进车以及从车里出来的时候，五十个人，或者更多，围着圈站着。当我们参观寺庙、享用午膳以及饮茶的时候，有五个人，各站一处，候着我们。当然了，他们不会去植树，这就是中国。

整个国家的每一寸土地都遍布着石头。大自然给了人们石头，到处也都是败瓦颓垣。然而，我们也见到了一件伟大的事。他们在建一所新学校的房子，还有给村里孩子的孤儿院。这儿到处都有孩子，裸着身子到处乱跑，头晒黑了，身上就挂着一件脏兮兮的外套，在马路上吃着自己的豆子。路边的桌子上到处都摆着食物。在一座寺庙，一个官员承诺再建一座小型的供奉笑弥勒的庙，这座弥勒是用铜打造的，一度还涂过漆，只是现在大部分都剥落了。现在，给这位佛遮风挡雨的棚子是用一堆废弃的材料堆积起来的。共和国的总统造了一扇古色古香的大门，因为这是吉利的，能给他带来好运。但他后来又觉得这不吉利，有些地方冒犯了佛，我也说不清楚是怎么一回事，总之，他现在拆掉了一边的拱壁，再看看佛祖会不会对他好一点。他想要的好运是怎么一回事，我弄不明白，但是，可能是让他成为一个皇帝吧，好像这就是他们认为能解决贫困和政治丑态的方法。我忘了说，他们从来不会打扫废墟。任何东西，当它开始剥落或者正在剥落的时候，人们会把它就那样放着。这样我们就能很好地明白，神是怎么被造出来的。它们大多数就是石灰，在一个木架子上固化。他们迫切地需要木材，我还从没见到用庙里倒下的横梁打桩的痕迹。除此以外，当你走在这些摇摇欲坠的屋顶下时，你其实是在拿自己的生命冒险，除非你能确保自己的安全。在大多数这样的北京寺庙里，他们会清扫地板，甚至也会清扫一些塑像，虽然看上去它们很长一段时间都是布满灰尘的。对此，我不确定。

北京，6月5日

正如前面所言，你永远都料不准将会发生什么。学生们被下令解散他们的联盟，还有"命令"批评了那些抵制日本的活动，并且说众人要求免职的那两个人是对国家有功之人。[1] 因此学生们都被激怒了，他们变得忙碌起来。两个学校里兢兢业业的系也被警察下令解散，学生们的愤怒也与此有关。在这些系里，学生们曾经钻研过日本的进口商品里有哪些可以不借用资本，而直接用手工劳动来代替。

---

[1] 6月1日，北洋政府以大总统的名义接连下了两道命令：一道命令是为曹汝霖、章宗祥、陆宗舆等人辩护；另一道命令是再次要求取缔学生联合会，并要求学生立即复课。

等他们钻研成功之后，他们就去商店，告诉大家如何制造，如何贩卖，同时还发表演讲。好吧，昨天当我们外出的时候，我们注意到学生们比平时演讲得更多，街上到处都是警察，学生们并没有受到干预。到了下午，有一队大约一千名的学生甚至被警察护送着。随后，到了晚上，有电话从大学里打过来，学生们被监禁在其中的大学建筑受到了冲击，军队全部离开了。于是，里面的学生召开了会议，通过了一项决议，质问政府能否确保言论的自由。因为倘若没有言论自由，他们即便离开了这里，将来也会被再一次拘捕，因为他们还打算继续演讲下去。他们整宿都继续待在"监狱"里，以此让政府难堪。我们还没有听说今天发生了什么，但是街道上没有了警察，到任何地方也都看不到演讲的学生了。因此我猜测他们在计划一次休战，调整重来。政府之所以采取了可耻的让步，在一定程度上是因为监禁的地方已经人满为患了，而昨天以及前天发表演讲的学生的人数是平时的两倍。当他们拘捕了一千名学生的时候，政府才第一次发现他们根本就没办法吓退这些学生。还有一部分原因是上海的商人在前天举行了罢市，有说法认为北京的商人也为着同样的目的在组织着。再说一次，这是一个非常奇怪的国家。所谓的共和，就是个笑话。到目前为止，共和的意义就是它取代了一个稳固的皇帝，取而代之的是权力在掌权的派系之间流转。有一位统领军队的将军在不久之前邀请他的死对头在北京共进早餐——就在几个月之前——然后就把这位宾客绑在墙边，枪杀了他。这会影响他的地位吗？他依旧在老位子上做着自己的事。但是，在某种程度上，他们享有的民主比我们多。除了妇女之外，整个社会是完全平等的，即便立法机构一团乱，而一旦公共舆论能够表达自己的观点，就像现在这样，就会有显著的影响力。有些人认为，那些最糟糕的官员会引退辞职，有些人则认为，这些军阀非但不会倒台，反而会掠取更大的权力。幸运的是，军阀现在有些分崩离析。但是所有的学生（以及老师）都有一种担心，即便这一伙人走了，取而代之的可能只会是一伙同样糟糕的人，因此他们克制着不向军队求援。

随后，学生们已经要求警察的首领亲自来护送他们，并向他们致歉。在很大程度上，这就像一场闹剧，但是毫无疑问，到目前为止，警察要比政府更为机智，也更懂政治，这会使得政府将来成为一桩笑柄，这在中国是致命的。但是政府并非不活跃，他们指派了一位新的教育总长①，还有一位新的大学校长②，两人都享有盛誉，没有什么不好的记录，也没有明显的个人色彩。教员们似乎会拒绝接受这位新校长，除非他能发表一篇令人满意的就职演说——但很明显，他不会。这样一来，一场激烈的讨论又要重来一遍，所有的教员都被牵扯进来。如果政府有这个胆子，它会解散整所大学，但是在中国，学者有崇高的声誉。

---

① 1919年5月5日，北洋政府拟关闭北京大学，教育总长傅增湘力持不可，并请辞。5月15日照准辞职，由次长袁希涛暂代。这里说的就是袁希涛。

② 此人是胡仁源（1883—1942）。事实上，他在蔡元培之前担任北京大学的校长一职。较之蔡元培，胡仁源更为保守。

6月7日

关于学生的整个故事都是好笑的，其中颇有趣的一段就是，上周星期五，学生们拿着大条幅，欢呼着进行演讲，而警察只是在一边站着，就像是守护天使。没有一个人被拘捕或者干扰。我们还听说，一位学生在发表高论的时候，他被警察礼貌地要求和听众挪一挪位置，因为他们人数太多，阻碍了交通，而警察不愿意因为交通受阻而被问责。与此同时，政府在星期四向学生们致歉了，并且确保了言论自由等。学生们据说昨天早上就离开了建筑，虽然我们还没有确切的情报。大学教员们碰了头，拒绝承认或者接受这位新校长。他们派了一个委员会去告知政府，也派了一个人去校长那里，请他辞职。这个新指派的校长过去似乎是这所大学的工学院的领导，但是他在政治运动中被踢出局了。他是袁世凯政府里的高官，然后在马来成了一个有钱的橡胶商人。无论如何，他们不想要一个橡胶商人来做自己大学的校长。他们也认为，能够向新校长解释清楚，这个位子并不会像他所想象的那样有吸引力。

在这座城市里，所有的公共聚会都有一种全方位的隔离。在剧院，女人都被安排到顶层楼座的一部分，我们会觉得这是过去的事情，但是在这儿，这就是现状。教育部的大厅为女性安排的地方要好很多，有一面是正对着大厅的，这样所有的男人都能直接看到这些女人。这是为了保护她们的端庄，这一点我在中国要比之前听到得更多。

这里的汽油每加仑银元一元，一辆福特汽车要卖到一千九百美元。象牙皂一元能买五块。一条干净的裙子二点五美元。牙膏一元一管，凡士林银币五角一小盒。洗一件衣服三分钱，包括裙子、男士的衣服、衬衫。吃上一个月的美食也只需要银元十元。他们的食物非常好，也因为美味的中国菜，我现在越来越胖了。新的洛克菲勒学院，现在被称作联合医学院①，离这里很近。他们修了一幢很漂亮的建筑，是传统的中式风格，更不用提里面的卫生程度了。他们刚刚决定向妇女也开放，但是我怀疑，一些条件会从一开始就让妇女望而却步。

北京在很大程度上仍然是一座首都，而且被分为大使馆和传教士两部分。似乎也不缺什么了，要是再来一位慈禧老太后，那就是一个完整的老北京了。

---

① 这就是今天的北京协和医院。

北京，6月10日

　　学生们游行了。就目前来说，他们赢了——只要谈到中国，我就拒绝预测后天会发生的事情。星期天的早上，我在教育部的演讲厅进行演讲，那个时候，那里的官员们还不知道都发生了什么。但是，政府派了一位所谓的和平代表，到那些自愿被监禁的学生那里去，表示政府承认自己犯了错，致以歉意。结果，学生以凯旋之态游行去了。昨天，他们的街头会议反而比过去都壮大，都富有激情。前一天，他们呵斥四位非官方的代表，这些人呼吁他们离开监狱，但是没有向学生道歉。但是，最大的胜利在于，据报道，政府会于今日颁布命令，开除三个被称为卖国贼的人①——昨天，他们已经开除了一个。这个人的宅子在五月四日那天被学生们冲击②，但是他们说了，那还不够，因此现在他们会更进一步。这会让那些罢市的商人满意吗？在赢得第一轮之后，他们还会提出更进一步的要求吗？现在还不明朗。当然，现在谣言满天飞。其中一个就是，政府的退让并不是因为商人的罢市，而是因为军队已经指望不上了。还有一种谣言说，西山有一支联军要和学生一道向北京进发。谣言是中国最有力的一张牌。如果你想着我们来中国还不足六个星期呢，你就会承认，我们在这里看到了真正的生活。在美国国内，人们会觉得中国很稳定，一成不变，但是这里确实发生了改变。

　　这里是这个世界上最大的万花筒。

───────────────

① 对曹汝霖、陆宗舆、章宗祥的罢免令是在 6 月 10 日的上午和下午分别公布的。

② 被冲击的是曹汝霖的宅子，这也就是历史上著名的"火烧赵家楼"事件。

威尔逊的装饰日（Decoration Day）[①]演说已经出版了。或许它对美国人而言太学究气了，但是至少在整个中国，你会觉得它非常现实——事实上，完全是一种威胁。而且，我们总是听到消息，华盛顿的国务院是怎么拒绝相信从这儿传过去的报道的。稍迟一些，他们又派了不少的特殊人员，多多少少秘密地，以获取独立的信息。

　　谈到美国的民主发展，我评论说，美国人不需要依赖政府做什么，而是自己直接去做。他们很快就有了反应，并且充满热情。中国人在社会上是非常民主的人，但是他们高度集中的政府败坏了这一切。

---

① 1866 年，美国老兵组织"大共和军"总司令罗根将军，为纪念在南北战争中阵亡的将士，在纽约滑铁卢市签署阻止宣言，将每年5 月 30 日定为"装饰日"，即为阵亡将士坟墓装饰桂冠鲜花的日子。后来，这一节日逐渐得到官方认可，演变为今天的美国联邦法定节日"阵亡将士纪念日"（Memorial Day），时间改为每年5 月的最后一个星期一，用以悼念在各场战争中阵亡的美军将士。

6 月 16 日

按中国人的说法，现在是又一次短暂的风平浪静而已。这三个"卖国贼"递交了辞呈，也获得了批准。内阁正在重组。无论学生还是商人都停止了罢课、罢市（铁路工人的罢工是最后一波），接下来会发生些什么还是个谜。有证据表明，极端的军阀虽然面临失败，但还是极力掠夺权力。而大总统据说是一位温和而富有技巧的政客 ①，正在培养自己的势力，让自己手里掌握更多的力量。虽然他批准

---

① 此时的北洋政府大总统是徐世昌（1855 年 10 月 23 日—1939 年 6 月 5 日）。

了一道法令，并且惩罚了卖国贼，但是学生的牺牲似乎只是让他的势力更强。我还没有完全弄明白其中原委，但这就像是真的读到了一本书的背面。他的想法似乎是要将这些军阀的弱点暴露给全国，而不留下借口让他们攻击他。他们常常以匿名的方式攻击所有人。有人收到一份署名为"一千三百五十八名学生"的传单，但没有具体署名。传单说学生罢课的唯一目的是为了收复青岛，但是有一小拨人试图借用这场运动达到自己的目的，其中有一个人想要借此成为大学的校长。

北京，6月20日

一段时间之前我就决定要告诉你们，我在这儿发现，人们实际工作的秩序就是对蜜蜂群体的复制。中国是一个高度社会化的民族，所有地方都是这样。没人能单独做成一件事，没人能很快地做成一件事。即便蜂房就在自己眼前，蜜蜂还是整天嗡嗡嗡地找蜂房。在这里也是，我们发现即便蜂房就在那里了，还是要找半天。让我给你举个例子。

我们到艺术学校做讲座，从长长的讲堂的一个后门里进去。在讲堂后面还有另一间很大的房间，在那后头是人们沏茶的地方。在靠近前门的地方有一张桌子，讲座前和讲座后我们都被请到桌子边坐着，喝点茶和别的饮料，比如苏打水。好吧，茶杯就在靠近入口的第一个房间的前头的一个橱柜里。一个大人从后面的什么地方出来，安静而平缓地踱步，穿过这个长长的房间，到橱柜那里，一只手拿着一个茶杯，又踱着步子回来了。又过了很长一段时间后，他回来了，手里的茶杯里都沏满了热茶。他为我们将茶放在桌子上，然后又从橱柜里多取了两个茶杯，又这样走了一遍，像刚才那样回来了。水瓶如果打开了瓶盖，就放到桌子旁边，因为如果不这样的话，苏打水会因为敞开而变得没味。他就这样来来回回多走了好多步。

中国的厨房常常和吃饭的地方有好几步远，各自一个房间。你从这个地方到那个地方的时候，常常需要穿过一个开放的小园子。我们在这儿的时候倒是没有赶上下雨，但是我不知道伞下面的汤会成什么样子。不过要记住，蜂箱就是中国，而且是那种很老旧的长筒式蜂箱。当你看着这些做事的人的时候，他们都有一种坚毅的样子，仿佛能做好任何一件事情。但当你跟他们熟悉起来之后，你就会知道另外一些事。在清华，也就是著名的义和团赔款大学①，房子都非常新，是美国式的，但是厨房和吃饭的地方有四十英尺。我不会细说厨房什么样，但是你会看到那种黏土炉子到处搭着，没有水槽，在一个黑漆漆的屋子里，只有一面墙上有一扇窗子。屋子很小，厨师就睡在一块木板上，他们也在那儿吃着自己简陋的食物。这完全是没受什么打扰的中世纪的景象。

① 清华大学最初为 1911 年清政府利用美国退还的部分庚子赔款所建的留美预备学校。而这笔赔款的缘起即是 1900 年（庚子年），义和团运动导致了美国、英国、德国、法国、日本、奥地利、意大利、俄国的八国联军出兵。运动被镇压之后，清政府于 1901年 9 月 7 日与前述八国及比利时、西班牙、荷兰共十一国签订了《辛丑条约》，向各国给予总计 4.5 亿两白银的战争赔款，分 39 年偿还，本息合计 9.8 亿两，史称"庚子赔款"。由于赔款金额过于庞大，后来在美国国务卿海·约翰和美国驻华公使柔克义、中国驻美公使梁诚、美国传教士明恩溥、美国伊利诺伊大学校长詹姆斯的交涉下，美国退还了部分赔款，用以资助中国学生赴美留学。

Letters from China and Japan

北京，6 月 20 日

　　上个周末，我们出城十多里远，去了清华学校①。这所机构是用义和拳赔款返还的资金修起来的，它是一所高中，有大约两年的大学课程。② 刚刚有六十个还是七十个学生毕业，他们将要在明年去美国继续学业。他们会分散

---

① 清华大学的前身是清政府所设立的游美肄业馆，1911 年 2 月改名为"清华学堂"，但旋即因为辛亥革命爆发，被迫宣布停课。1912 年，清华学堂重开，依教育部《普通教育暂行办法通例》，改名为"清华学校"。这一时期，清华的主要职能是留美预备学校。1925 年，清华开办大学部和研究院国学门。1928 年，清华学校正式改名为"国立清华大学"。杜威来华期间，其名为"清华学校"。

② 当时清华学校是为留学美国服务的。之所以开设两年的大学课程，是因为毕业生到美国后可以直接插入美国大学的三年级。

开，大部分都会去小学院，以及中西部的州立学院，许多人去理工学院，好多人都去斯蒂文斯理工学院，不过没人去哥伦比亚，因为哥伦比亚在大城市里。霍博肯[1] 有什么优势我不清楚。中国到处都是哥伦比亚毕业的学生，但是这批孩子去美国是为了毕业后工作。毫无疑问，让他们一开始远离大城市是明智的。除了中文的学习之外，所有的教学都是用英语进行的。这些孩子似乎已经能说一口流利的英语了。他们将来会被对待的方式真令人感到羞愧，在真正适应美国的生活之前他们一定会受够辱骂。而当他们回国的时候，想要重新适应又得度过一段更糟糕的时间。他们会将自己的故土理想化，但同时又在不知不觉中美国化了。他们想要找到一份工作谋生也是非常困难的。他们被告知自己是祖国未来的救星，但他们的祖国在各个方面都不需要他们。他们会不自觉地将中国与美国进行比较，从而发现中国的缺陷和严重的问题。但同时，可能在内心

---

[1] 斯蒂文斯理工学院就在霍博肯。

深处，每个中国人还是坚信中华文明的优越性——可能，他们是对的——三千年的文明是一件很令人骄傲的事。

你们可能会在一生中的某个时候来这儿，这对你们理解金钱毫无坏处——关于金钱，可能没有谁比中国的银行家知道得更多了。在这里，美元 (dollar) 一元等于十一枚面值一角的银元 (dimes)，抑或六枚角的银角 (pieces)，而十一枚铜元 (coppers) 只等于银币一枚，银元一元可以兑换一百三十八枚铜元。[①] 这样一来，节俭的人总是在身上带着一磅或者两磅的大串铜钱给黄包车夫。还有各种各样的纸币。我们明天晚上要去西山，在人们的指点下，我按一元兑六角五分的价格买了一些银元。这些钱在火车上能抵

[①] 北洋政府曾于1914年颁布《国币条例》，规定银铜辅币实行十进位制度。但受制于现实情况，尤其是市场的波动，十进位制度根本得不到保障。杜威所见证的正是当时各种货币之间复杂的换算状况。这一时期，各种货币间比价的波动颇大。例如，杜威于1919年见到银元与铜元比价为138。事实上，自1912年到1919年，银元与铜的比价大多在这个数值左右波动；但到了1920年，比价升为141。之后逐年升为152、170、193、232、285，到了1926年更是变为348，铜元急剧跌价。

足足一个银元，但似乎到别的地方就不行了。与之相反，外国人在酒店里则怎样都行。他们只给你五枚两角的银元，兑换你的一个银元，诸如此类——但这是由外国人经营的，而不是精明的中国人。有一件事情你一定乐意知道，那就是北京已经高度美国化了，我们每天都至少有一次机会拿到冰激凌，一次两份。这真是很有用。

有一句经验之谈。永远不要问一个中国人是不是要下雨，或者任何关于接下来的天气的问题。乌龟被认为是天气预报员，因为乌龟被认为是地球上最低等的动物，这样你就知道这个问题是多么有讽刺性。上一次的运动中，他们向日本人做出的最微妙的致意就是将一位路人头上的日本制的帽子摘了下来，剪成了一个乌龟的样子，然后将它挂在了电线杆上。

顺便说一句，我当时将学生们的第一次游行比作了大学里男生宿舍的打斗，这对他们而言是不公平的。整件事情似乎都经过了缜密的计划，而且实际发动的时间比原计划要早。因为有一个政党也将要去游行了（是在同一时间），但是他们怕自己被视为这个政治团体的代言人，而且他们想要和学生群体各自独立开。想一想我们国内十四岁以上的孩子，如果领导一场大扫除式的政治改革运动，并且让商人和各界人士也因为感到羞愧而加入到他们的行列里，会是什么样子。这真是一个了不起的国家。

北京，6 月 23 日

    昨天晚上，我们在一位中国官员的家里享用了一顿很美好的晚餐。所有的宾客都是男性，除了我，还有一位十四岁的姑娘，她就是这家中的一员。她在当地的一所英语学校接受教育，说着漂亮的英语，此外还是一个有天赋、有趣的女孩。她这个年龄的中国女孩比美国同年龄的女孩看上去老成一些。这一家有五个孩子，两位太太。我发现这个小姑娘之所以成为接待我们的女主人，是因为要在两位太太里选出一位作为女主人会很尴尬，他们不想给我们留下糟糕的印象，因此两位太太都没有露面。我们被告知的原因则是她的母亲生病了。她的父亲是一位纤细、优雅的矮个子，为自己的子女感到骄傲，也非常疼爱他们，把所有的子女都带出来与我们见面，甚至包括一个才六周大的小婴儿，在一件小小的红色衣服里，热乎乎的。我们的东道主是一位自由进步的党派的领袖，也是一位艺术收藏家。我们希望他能给我们展出他的收藏，但是他没有，只是给我们看了看桌上精美的瓷器。整座房子很大，在皇城——也就是他们说的老紫禁城——城墙的后头，能看得到著名的老塔①，很是有趣。我们坐在庭院里，享用咖啡。这里似乎有好多院落，一间连着一间，他们只是使用了这一间罢了。大概有十四间房子，或者更多，是一一连起来的。

到了晚饭的时候，我忘了说，厨师是一个很出色的福建人。他给我们做了最为美味的中国菜，在菜单上还配有法文名字。烹饪会根据地域加以命名。大多数在北京的人都是从别的地方来的，这就和首都一样。但是他们似乎保

---

① 即今天北海公园的白塔。

持了自己的烹饪方法，一切都是依照自己原省的口味偏好。他们也有了冰激凌，这一点体现了人类口味的天然性。但是我们的东道主的女儿却告诉我，他们不会将这个视为点心，他们还是认为，点心不应该有冷的东西。

这一地区现在正在割麦子。他们用镰刀割，妇女和儿童则负责捡拾麦穗。最主要的收获物都被散在坝上晾晒，他们是这么叫的，那是在屋边的一块坚硬的地。随后谷子会被放到石磨里，让毛驴牵着碾一遍，中国的磨就跟我们农庄里的一样大。壳去掉之后再将麦子投入风中，扬谷去糠。这道工序需要好几个人花上相当一段时间，剩下的东西都返给大地。这一带的麦子很细小，据他们讲，这种情况今年尤甚，因为今年的天气较往常都要干。玉米也很小，但是从这儿到我们去过的山地之间，还是有零星的土地上栽种着。现在地里正种着花生和甜薯，它们在尘埃中似乎也长势良好。这些天的雨将它们都打湿了。

北京，6月25日

简单谈一谈家庭消费方面的情况吧。在中国，所有的木板似乎都是用手工锯出来的——两个人，一把锯子，就像是横式的大木锯。在新建成的北京饭店[①]，这是一幢很大的建筑，他们不是将已经整备好的窗户直接安装上，而是

---

① 1900年，两个法国人在东交民巷外国兵营东面开了一家小酒馆，并于第二年搬到兵营北面，正式挂上"北京饭店"的招牌。1903年，饭店迁至东长安街王府井南口。1907年，中法实业银行接管北京饭店，并改为有限公司。法国人经营时期是北京饭店的最初辉煌期，从建筑风格到内部设施都标志着饭店成为京城首屈一指的高级饭店。1917年，北京饭店建起了7层法式洋楼，即现在的北京饭店B座。其建筑风格采用十七世纪法式建筑格调，建筑内部突出了法式豪华、浪漫的风格。杜威所指的正是这栋楼。

带着大木头，现场锯出合适的长度。吐痰较为常见。当一个学校里的女孩打报告离开自己的座位后，她会穿过整间教室，有力地将痰吐到痰盂里。小甜瓜已经可以吃了，它们就像是成熟的黄瓜，但是更小，更甜。卖苦力的人们和学生们就那样在路边将它们吃个精光。桃子很贵，但是他们摘下那些还绿着、硬着的桃子，虽然是生的，也吃了。盆栽的石榴现在正开着花，也结着果，颜色是一种非常漂亮的绯红色。莲花池也盛开着花朵，呈现出一种美妙的、深沉的玫瑰色。当花蕾就要绽放的时候，它们看上去就像是要爆炸一般，仿佛要将自己浓郁的色彩填满整个空气。莲花巨大的叶子明丽而可爱——轻柔的绿色，有着精美的叶脉。但是莲花从来不适用于艺术，只有宗教才使莲花在艺术中找到了位置。这些神圣的池塘被保存得很好，还在紫禁城的旧护城河里。在北京，男人的数量是女人的两倍。

星期天，我们参加了一次中国婚礼。婚礼是在海军俱乐部举办的——从外观来说，和我们国内的礼仪没有任何区别。新郎新娘都身着传统的外国婚礼服装，但多了一个小铃铛。晚餐的时候，摆了六张桌子，坐满了人，有三桌都是妇女和儿童。在中国，女性在哪里都要带着自己的孩子和仆人——我的意思是说，无论她们身处何地，或者想要去哪里。这就是一种习俗。男人不会在婚礼上和女人说话，除了那些曾经留过洋的学生。一美元能买 120 个鸡蛋，当然，在我们住的地方已经什么都不缺了。人们出来散步的时候会带着鸟，无论是关在笼子里的，还是用一根线将鸟的一只腿和一条横木绑在一起，而且那只鸟就站在横木上。

北京，6月27日

我们竟然能顺利地从日本出来，这真是个奇迹。也许就是天意吧。现在，任何一个游记作家写的关于日本的书，只要读上十行，我就能知道他的游历范围大概是个什么程度。你们一定要将这一点转达给日本人。他们的国家很漂亮，他们对旅客的招待也很周全，他们也最有一种人为的技巧，让所有事物被看到的那一面显得非常美丽，至少是显得很有吸引力。刻意的欺骗所能达到的效果从来不及这儿的十分之一，这真是一门艺术。他们是世界上从未有过的、最伟大的面子工程专家。当我还在日本的时候，我就意识到了，那是一个专家的国度，但那时候我还没有意识到，外国事务和外交也是一项专门的技艺。

新上任的代理教育总长邀请了我们去吃晚饭。这个人似乎没有什么教育方面的履历，但他走的是一条调和的路子。他的前任在发现自己掌控不了局面之后就递交了辞呈，消失了。① 真正的自由主义因素目前还不能在实际上对政治产生影响。这里有极端的军阀，这些人据说受日本方面的影响，还有一些没有什么色彩的、由大总统领头的温和分子，斗争目前在这两拨人之间展开。只要谁有机会，谁就把自己的人扶上去。现在取得的这点收获看上去是消极的，因为有另一批人被排除在外，而这一批人至少是忠实的。如果有自由的力量能组织起来，兼顾到他们，他们肯定也愿意有所回应。

不能否认，这儿很热。昨天我们在正午的时候坐黄包车外出，我觉得我这一生还没有那么受过热。这就仿佛是

---

① 邀请杜威夫妇的应当是傅岳棻，他于1919年6月5日代理教育总长。傅增湘之后，袁希涛曾暂代其职。但不足一个月之后，袁希涛辞职。杜威所说的傅岳棻的"前任"正是袁希涛。

约塞米蒂^①，但热的强度以及燥热持续的时间都要更甚。聊作安慰的是，这里还不是太潮湿。如果潮湿的话，简直没人能活下去。但是，沙漠地带也不会很潮湿啊。你们的母亲问了一位做苦力的，问为什么他不戴帽子，而他说因为这里太热了。想象一下，在一百零二度或者一百零三度^②的太阳天，拉着一个客人每小时跑五六里路，头还是暴晒着的。在烈日下工作的苦力们，大多数头上没有任何东西。这既可能是适者生存，也可能是他们后天获得的一种特性。他们对各种身体不适的调节力也是世界上的一种奇迹，你们应该看看他们躺着睡觉的地方。他们完全超过了拿破仑。这个国家到处都有这样流动的家。我怀疑是不是大多数这样的车夫除了自己的车以外，根本就没有睡觉的地儿。大多数人都需要在街边摊贩那儿买吃的，所有能想得到的热食都有卖的。除了街上的摊贩，还有很多卖熟食的店。

---

① 约塞米蒂，位于美国西部加利福尼亚州。
② 杜威所说的温度均是华氏温度。

北京，7月2日

雨季来了，现在，既有雨，也有寒意。气温从之前的九十多度降到了最近的七十多度。似乎，生活又值得过了。

这个国家是非常适合照相的。我最羡慕一个中年的中国人，微微有点胖，戴着一顶宽边的草帽，骑在一头瘦小的淡黄色小毛驴的背上。小毛驴在路上踱着小步的时候，他给自己扇着风，对自己的生活非常满足，与全世界和谐一体，不在乎这个世界上的任何东西，也不管这个世界会发生任何事情。这可能是一本关于中国的书很好的扉页画——当然，这是个笑话，未必适用于所有中国人。

今天的新闻就是中国代表团拒绝签署《巴黎和约》。

这条新闻真是太好了，不像是真的，但并没人能确定这是事实。[1] 还有传言说，政府的军阀几乎将所有东西都从日本那里夺回来了。日本人找过来了，但是发现自己并不受欢迎。他们几乎都忘了自己和日本人的交情，变得非常爱国。这也未经验证，但是我觉得他们之所以能买下这一局，是因为市场里再没有别的出价者了。

---

[1] 正如我们今天所熟知的那样，1919 年 6 月 28 号，巴黎上空响起阵阵礼炮声，巴黎和会宣告闭幕，协约国代表在凡尔赛宫签订合约，但中国代表团拒绝签字。

北京，星期四，7月2日

　　这里担忧得紧。报告说，代表团没有签字，但是这样模糊的措辞只能让人臆测，没个准。与此同时，学生组织等已经开始新一轮对政府的攻击了，要求解散国会。现在没有内阁，总统也找不到人组阁。原先还在工厂里工作的一半的人也参加了罢工，因为他们看到另一半都罢工了。

北京，7月4日

今天早上，我们要去北京高等师范学校①。工学部的领导要来接我们。那里的学生在这个夏天自己盖起了三幢教学楼——他们自己进行规划、设计，商讨细节，监督施工，同时还做了所有的木工。工学部的领导，也就是我们的向导和东道主，已经在学生们的鼓动下组织起了一个"国家工厂"的活动。他现在想要在行会的指导下组办一所学徒学校。此外，他还有不少工作。其理念就是要让每一个"工厂"都培养出最棒的学徒——所谓工厂，事实上就是一屋

---

① 即今天的北京师范大学。

Letters from China and Japan

子人的集体——给他们每天两个小时的正规学校教育，同时将当下的新方法和新产品引入工厂，介绍给他们。他们会在这里做金属加工。他希望这一计划将来会向全国推广。你们无法想象中国的工业有多么落后，不仅仅是落后于我们，甚至都不如日本。这样一来，他们的市场里充斥着廉价却不耐用的日本货，就是因为便宜他们才买。这就是他们忍耐的底线。但是这些花费或许在山东贸易上会值回来。棉纺公司非常急切地想要合作，只要学校能确保培养出富有技术的工人，尤其是管理人，公司就愿意提供资金。现在，他们卖了市值四百万的棉花给日本，在日本纺，然后花一千四百万的代价买回这些棉花纺成的线，再拿这些线织东西。这还不包括他们从日本进口的大量纺织好了的成品。

我在读书的时候发现，过去十年间，外国旅行者不下十二次吹嘘过中国的觉醒，因此，我犹豫着是否要再吹嘘一次。但我想，这是第一次，商人和行会真正团结协作，想要提升他们的工业水平。如果这样的话，这就是一场真正的觉醒——还加上与学生的联合。我每隔好几天就要读读从日本翻译过来的东西，从而确认他们对中国事态的忽视是真的傻，还是装傻，这是很有趣的一件事。可能两者兼有吧。很可信的是，他们对中国人的心理评价不高，就像那些文章里说的那样。但与此同时，他们与我们美国国内的人有同一论调，那就是，中国人事实上在所有外国人中最喜欢日本人。因为中国人意识到自己是依赖日本人的，如果中国人不和日本人合作，那一定是因为外国人，尤其美国人，出于利益和政治的动机从中挑拨离间。事实上，我怀疑历史是不是真的能完全记得清楚国与国之间发生的那么多不喜欢和不信任。有时候，日本很可能会来离间中国人这件事仿佛没有发生过一样，只是因为他们没这么做而已。如果日本的报纸和政客没有在过去的三个月里无所不用其极地辱骂美国，中国人可能会恼火于美国邀请自己卷入战争，但又突然撒下自己不管。当然，日本人在美国的时候都是讲些漂亮话。看看他们最后会走上一条什么样的路，将是一件很有趣的事。

不完美的一天就要结束了。我们参观了学校的每个项目，同时发现我犯了一个错。这些孩子们为三幢楼做了设计规划，然后就监督其建造，并非是自己建的。他们整个夏天都待在学校。然而，那些木工班的学生定下了协议，要为新的教学楼造出所有的桌子，学校提供了房间和木板（食物以及为食物做的准备工作每个月只需要银元五元就够了）。他们就将自己的时间投身于实践。所有做金属工的孩子都留在了北京，在车间里工作，以提升成品质量，也使之多样化。记住这些孩子吧，十八个还是二十个，他们为自己的国家尽到了宣传的责任。这个夏天，即便在北京的荫凉地，平均气温也达到了一百度，而且你还得承认这里到处都有原材料。

今天下午，我们去看了一个庆典。我们看的这个庆典赶不上七月四日美国的国庆日，但是也很有趣——中国的杂技。中国人穿长袍，这固然是一项优势，但是仍然得说，顶着一个非常宽口的大碗，里头的水溢到了沿儿上，或者是五个玻璃碗，每个里头都有一条金鱼，就要跳出来一般，然后人还要走来走去，这是很不容易的。似乎这位艺术家在端出来那一大碗水的时候还翻了个跟头，但我们没看到。所有的技法都不是很完整，但确实是我所见过的最利索的。今天晚上还有一个家庭音乐会，但是下雨了，而这个音乐会（之后还有跳舞）是露天的。这样，我们就没有去。事实上，我们也不怎么想去。

你想象不到，没有在《巴黎和约》上签字对中国而言意味着什么。整个政府之前都是支持此事的，总统在签字的十天前还说签字是必要的。这是公众意见的胜利，一切都是由这些学校里年轻的男孩女孩们推动的。毫无疑问，当中国能做到这一点的时候，美国应当感到羞愧。

星期天，7月7日

昨天，我们又走了一条不同的路，总共六十里，或者七十里。这道碎石路颇值得一提。当袁世凯计划称帝的时候，他的儿子伤到了自己的腿[①]。他听说温泉会有助于他疗养，于是，有一位官员为他修了这条路。今天的一些官员，包括一位被打了之后被迫辞职的前高官，现在占据着这座温泉和酒店，因此这条路被保养得很好。我们经过了白蛇村，

[①] 这里说的是袁世凯的长子袁克定（1878年12月20日—1958年）。他在1913年坠马受伤，因此落得终身残疾。

又称百善村[1]。

基督教青年会[2]和红十字会的人还在从西伯利亚返回自己祖国的路途上。我不知道当他们回到国内的时候能否享有言论自由。这真是一团糟，他们讲述的故事不会促进我们与外国的关系。俄国的革命者不是唯一会扫射村民、劫掠钱财的人——至少现在，在美国还没有这样的人。

---

[1] 即今天北京市昌平区百善镇百善村。

[2] 基督教青年会是全球性基督教青年社会服务团体，于1844年诞生于英国，由乔治·威廉创建，以"追求基督教道德精神，避免城市青年的道德堕落"为宗旨，希望通过坚定信仰和宗教活动来改善青年的精神。1885年，基督教青年会传入中国，最早在福州成立青年会。

北京，7月8日

今天早上的新闻报道了，日本方面拒绝承认他们曾经与德国签订秘密协议。这儿的意见似乎是认为，他们确实没有签，只是已经开始谈到这样一个协议了。某天吃晚饭的时候，我们从一位负责任的美国官员那里听说，在美国最后让中国参战之后，日本则宣传是自己促成了中国加入联盟，因此要求俄国转让自己在中国的特权。

至于日本方面，现在秘密都被泄露出来了。看上去日本正准备解散他们现在的政府。有人认为，这意味着政府瓦解的原因看上去就像是因为民众对外交失误和米价高涨不满。这样一来，他们就能换上一个更糟糕的政府，而且全世界也看不出来两者的区别，只会觉得日本在变革。谈谈日本的立宪运动吧，我担忧的是，就我所知，那些上了年纪的政治家从不担心谁会被选出来，只是让投票按部就班地完成罢了。因为他们的生意可以通过其他方式得到保证，选举产生不了任何作用。要通过什么法案，也是完全一样的道理。没有当权者的支持，任何法案都不可能被通过。这些当权者也知道这些法案到底是怎么出台的，不管有什么样的讨论。毫不奇怪，变革总是进行得很慢。如果变革真的要来的话，可能会是一场一次性的革命吧。现在有报道说，蔡元培先生，大学的校长，已经表示了愿意回来，只有一个条件，那就是学生们将来如若没有他的同意，将不得参与任何政治活动。我猜不出来这是一种让步，还是一种更聪明的办法，看上去可以让双方达成一致。蔡元培返校的声明意味着事情会很快回归正轨，同时又酝酿着下一次剧变。

我们似乎被房子的事情烦透了。所有洛克菲勒基金会的会员都有崭新的好房子，是专门为他们修建的。这些房子是很好的、全新的中式建筑，不像这儿出租的房子那样质量低劣。所有北京的房子都跟我们的木头房子一样，是直接建在地上的，仅仅在地上铺了几英寸的石头地板罢了。如果雨下大了，院子里就充满积水，要湿上好几天，也可能是好几个星期。墙边至少有两英尺都是渗水的。昨天我们拜访了一位中国朋友，他住的地方就是这个状态，但他似乎全然没有注意到。如果他想要在屋子里洗个澡，开销将会是付给拉水车的钱的两倍。在经历了烧水、端水之类的麻烦之后，他还没有办法倒掉那些被用过的水，除了找个人用担子挑出去。如果你们要过来看看，蜂群到底用了多少方法让自己的生活更艰难，那简直都看不过来。一位基金会的绅士刚刚才告诉了我们，这些卖苦力的人会偷走任何一小块能拿到的金属，无论是用剩的，还是用螺丝拧上了的。生活的贫困给道德设定了一套新标准。在中国，似乎没有一个人会因为偷窃食物而被定罪。

北京，7 月 8 日

如果问金钱能做什么，那洛克菲勒大厦简直就是最好的例子。在这个破旧而脆弱的城市的中心，它们就像是一座耀眼的纪念碑，将过去的辉煌和现代的理念完美结合到了一起。它们是最好的中国旧式建筑，绿瓦而非黄瓦，三层而非一层。人们可能会有疑问，中国到底要花多久才能进入现代，才能知道自己在干些什么。据说中国人完全不愿意来这所医院就医，因为害怕这些奇怪的西洋医疗方法，他们不懂这些东西。此外，医院也没有采取一些措施与人们妥协，而传教士原本经常这样做的。在医生当中有不少中国人，他们现在也将工作的机会开放给了妇女。现在的中国很需要女医生，但是显然，还需要一代人的时间才能让这份工作得到理解，从而在中国获得一个自然而然的位置。更为有趣的是，这一排壮丽的建筑群刚好围着北京最大的日本医院和学校，完全盖过了它们。他们说，这件事令日本人大大地蒙羞了。现在，整个建筑接近完工了，但是所有之前的建筑拆掉之后形成的垃圾还需要运出去，这样整幢建筑才能完全显示出自己的美丽。此外，他们修了三十五个中式风格的房间，但都配有现代设备，是提供给职员居住的。除此之外，还有很多建筑是从过去的传教士药学院接收过来的，可能还有一部分是他们买到的王府的财产①。有两只很老的石狮子就是从王府那里得来的装饰物，但是没有外国家庭能受得了旧王府的不方便和不舒适吧，除了他的妃子们。

---

① 此处原为豫王府。老豫王名多铎，是清太祖的第十五子，当年屡立战功，为开国诸王之最，初封豫亲王，顺治二年（1645）以功加封德豫亲王，顺治四年（1647）又加封为辅政叔德豫亲王，辅佐皇帝。他死后，封号由他的后代子孙世袭。最后一代豫亲王端镇于1916年将此王府卖给了洛克菲勒基金会。

北京，7 月 11 日

　　他们这儿有你们所未见过的最好的瓜。他们的西瓜，就在街上贩卖，其质量之好，简直让美国南方的黑人也感到羞愧。在颜色上就像是黄色的冰激凌，但是不如我们的西瓜多汁。他们的甜瓜完全不像我们国内的这么香，但是形状像梨，只是更大一些，有一股酸酸的味道。事实上，它们更像是有着酸味的黄瓜，只是籽都在中心，和我们的一样。当你在整洁的中国屋子里拿到杏仁饼干和小蛋糕的时候，你就会意识到，无论是我们美国人，还是欧洲人，都不是第一个开始讲究美食的。对于面包，他们要么煮，要么蒸——在中国的这片地域，人们吃麦子，而不是稻子——要么炸。我从不怀疑，油炸面包圈是过去一些远洋航行的船长带回去孝敬外婆的。这些事情都是很奇怪的，因为除了羊羹以外，这些东西都不是日本的本土产物。因此当你第一次在这里吃到这些东西的时候，你一定很难拒绝这样一个印象，那就是这些东西都是从美国或者欧洲被带到中国来的。读读麦美德①写的一本叫《华夏两英雄》的书吧，看看我们的国家曾经怎么对待一些中国人，然后你就能明白为什么他们喜欢美国和美国人，你就会意识到，在某些方面，他们比我们更超前，这种东西在战前被称作基督教精神。我猜我们曾经给你们写信提到过，在杭州的时候，我们见到了两位中国官员的纪念碑和庙。在义和团

① 麦美德（S. Luella Miner, 1861—1935），知名教育家。1887 年，美国公理会选派志愿者赴华布道，麦美德报名参加，并于同年搭船来到了中国。1903 年，麦美德受聘为北京贝满女校的第三任校长，并于次年在北京灯市口创立了中国历史上的第一所女子高等学校，华北协和女子大学。麦美德在兼任贝满女校校长的同时，亲自担任华北协和女子大学校长。华北协和女子大学后合并为燕京大学女部，麦美德也正式出任燕京大学历史上第一个女部主任。

暴乱的时候，他们被五马分尸，因为他们将省里下来的电报中的"杀掉所有外国人"篡改了，改作"保护所有外国人"。当然，这个庙是由中国人供奉的，在中国甚至极少有外国人知道这件事。

他们的艺术就跟孩子似的，所有那些认为原始就等于古怪的美国艺术家应该来这儿研究一下中国的传统住宅。他们极度热爱明亮的颜色，对于如何组合这些色彩也颇有匠心。相对较少的一些模式，却以各种各样的方式被反反复复地应用。他们倾心于一些能够阐述出某些故事，或者某种理念，或者他们的欢乐感的设计——这比格林威治村①所标榜的艺术的天真更富有童趣。

---

① 格林威治村，位于美国纽约市西区，住在这里的多半是作家、艺术家等。格林威治村代表着另外一种生活方式，是美国的反文化。格林威治村是于1910年前后在美国形成的，那里聚集着各种各样的艺术工作者、理想主义者甚至工联分子，他们大都行为乖张，和世俗格格不入。

基督教青年会，北京，7 月 17 日

　　一位年轻的韩国人今天晚上到了我们这里，与一位中国籍的韩国人在门廊碰面了。新来的这位韩国人能讲一点点英语，通过这种三角式的转译，我们能理解他所经历的故事了。似乎，在中国与韩国的国境线上，总是有韩国学生偷渡过来。他们要想成为一个中国学生，需要在这里居留六年，或者是三年。如果有谁想要通过这种方法躲避日本的压迫，那么这么长的时间也足以让他推迟去美国留学的想法了。这位年长的、已经变为中国籍的韩国人似乎很是激动。我猜想他们天生就有戏剧感，做了很多手势。他鼓动我，说去一趟韩国很重要，也给我们看了很多照片。

好吧，这真的让我开始考虑这件事，因此我在读一本韩国的导游书，考虑到那儿绝佳的气候，想着我们能不能在某个合适的地方住一住。我第一次意识到韩国局势的严峻性是在我三月初到日本的时候，在那里我们度过了一个假日。这假日是为了纪念韩国国王的葬礼。因为在葬礼之后，《日本广告报》①报道说，这位国王是自杀的。毫无疑问，你们可能知道这件事，当然也可能不知道。然而，事实以各种各样的方法被泄露出来了，现在人们所知道的是，这位老人确实是自杀的，其目的是为了阻止在日本被抚养长大的年轻王子与日本公主结婚。他的死发生在预定的结婚日的三天前，根据韩国礼节，这样一来，在两年内他的孩子就不得举行婚礼，而韩国人正希望在两年内能够减弱日本对韩国的控制。我们都知道，从三月起，他们就开始行

---

① 《日本广告报》（Japanese Advertiser），是1890年由美国人罗伯特·米克尔约翰（Robert Meiklejohn）在日本横滨创办的一家英文报纸。1913年，办事处移到东京。1940年，该报被日本《时代》杂志并购。

动了，而国王的死确实帮到了他们。现在，日本在韩国宣传政治改革，是指望靠这种名声来掩盖自己在韩国的真正行径以及它对全世界的企图，这种企图到某一天一定会显示出来。日本人很像是意大利的包工头，或者某些极有技巧的新富人，他们学到了西方的效率。在这方面，他们至少比自己的邻居超前了一辈人。日本已经从旧经验中脱胎出来，而且对自己的旧经验了解得非常充分，然后以新知识来利用这些旧经验，使之推动自身向着富强迈进。然而，短而容易的路固然能抵达成功，但是从长远来看，她终究将因为不堪重负而崩溃。但是，日本确实具备某些物质上的实力，她在努力使自己更往前迈一步，但这其实稍稍超越了她实际上能迈的步伐。巴黎和会的失败是又一个明证，让我们得以理解为什么威尔逊总统出于实际的需要，要在会见日本人的时候，促成他们的让步。我们现在在这里听到了第一波对他演讲的回响。

当反省自己自从到这里以后在思想上发生的变化以及我越来越熟悉的一些事实时，我意识到我有好多东西要向你解释。这似乎要经历一个漫长的历程。在阅读一份过时的报纸时，我们发现一位美国旅客，他在日本的时候获得了日本皇家赠予的爵位，这一爵位据说是只授予日本人的。在获得这一爵位之前，他发表了一个公共演讲，说鉴于中国在日益沉沦，需要一个保护者，那么日本自然责无旁贷，因为从所有历史的缘由来看，日本都是合适的。似乎，给中国带来了巨大灾难的军阀和那些依靠着外国支持才执掌政府的人，确实觉得这是一个很"自然"的观点。而今日中国的大人物，徐，人们都知道他是"小徐"[①]，这在英文里是一个很好的昵称，"小鞋子"[②]。他从来没有踏足西方，他觉得让中国将一部分领土割让给日本是一件好事，因为

① 徐树铮（1880年11月11日—1925年12月30日），北洋军阀皖系军将领，字又铮，人又称"小徐"，以区别于"老徐"徐世昌。1919年，徐树铮任西北筹边使兼西北边防军总司令。1919年10月，率西北边防军第一师进入外蒙古，迫使外蒙古在1919年11月17日正式取消自治，回归中国。孙中山电贺其成就可与傅介子、班超相比。

② "小徐"，英文里称作"Little Hsu"，与"小鞋子"，即"Little Shoe"音近。

日本会帮他们，这比指望任何别的外国人都好，那些人只想着来中国掳掠。只要中国能够在日本军队的协助下建立起一个稳固的政府，那么之后中国就能将自己建设为一个国家。此时，他因为一个不算好的机缘被国会任命为蒙古的军事首长，这意味着他有充分的权力在蒙古的农业或者任何他选定的行业中调用自己的军队。简而言之，这意味着他是刚刚回归中国的蒙古地区的绝对的指挥者。在那些协议签订的几天里，没发生什么事情，至少公众不知道，而据朋友讲，即便没有了内阁，政府也能无限期地维持下去，也没有责任要回应公众的要求。这个国家的大多数人都对这种现状不满，但是因为援助都来自外国人，他们也缺少组织，因此什么都干不了，只能忍耐，坐视国家被卖给日本以及别的强盗。如果你们能拿到一份《密勒氏评论报》①，那就读一读，尤其要读一读外国当局所通过的法案是如何许可了这种压迫。我的意思是，他们通过了一项法案来干这种事。幸运的是，这一提案尚未形成法律，也一定不会被位于上海的中方省议会所承认。②

基督教青年会的职员来到了这间房子。他们正在从西伯利亚以及别的一些地方归国的路上。我们在这里听说的故事都是充满了恐怖的，而且大同小异。一个人太势单力薄，什么都干不成，而且整件事情看上去似乎也与我们不相干。不过，加拿大人已经出于道德感，退出了，重

---

① 《密勒氏评论报》由美国人密勒于 1917 年 6 月在上海创办，为英文周刊。1918 年底改由 J.B. 鲍威尔任主编，1941 年 12 月太平洋战争爆发后，遭日军查封停刊。1945 年 10 月在上海复刊，由 J.W. 鲍威尔任主编和发行人，1953 年 6 月停刊。《密勒氏评论报》在中国出版时间前后长达 36 年，从多个层面反映了 20 世纪上半叶中国社会的发展情况，是研究中国近现代史和远东国际关系史的珍贵资料。

② 杜威在这里提到的应当是上海租界争取公民权的斗争。"五四"运动之后，上海法租界对学生和新文化运动采取了一种高压政策，并且试图确保一条地方性法规的限定性修正案在公共租界通过，立刻引发了中国居民和外国居民的强烈反对。

返家园，我希望他们一切都好。日本在那里有至少七万人，或者他们早就以船运的方式送去了更多的人。但因为整个铁路系统都在他们日本人的掌控之下，我们没法知道其具体人数。我坚信一点，他们每时每刻都会拿自己对某个情况的判断去要求别人。所有人都同意，日本士兵被所有人都憎恶，而且确实普遍证明与人难以相处，而中国人则是完全被喜欢的。

与此同时，日本国内对食物状况普遍不满，尤其是大米，这已经明显变得越发尖锐了。读读对石井伯爵①的采访将会很有趣，他总是以相同的方式收场。对美国掷弹事件的担忧已经成为一个非常严重的警戒。对我们而言，当我们在那儿的时候，还很难理解那种反美的激动情绪，但是它的意义已经逐渐清晰起来了。它会有效果吗？另一场世界大战是不是已经准备好了？有人说，这些学生在游行的时候能成功地让士兵转而同意学生的想法。高师的男孩

---

① 杜威说的应当是石井菊次郎（1866年4月24日—1945年5月25日），他在当时担任日本驻美特命全权大使。不过，他于1916年获封子爵，未至伯爵。

们告诉我，当他们从设在大学里的监狱中出来的时候，备感失望，因为他们甚至都没能让一半以上的士兵扭转思想。看守他们的人每四小时就换一批。

这个时候老是下雨。我的老师因为下雨就没有来，这真是典型的中国人的特征。你们要记着，他从不坐黄包车，虽然他可能会看过黄包车，也想过与其缺一堂课，还不如付一次黄包车的钱。马路上的泥浆就和长岛过去还没有铺碎石子的时候一样，只不过，这里的道路更软、更滑，里面都是水。

北京，7月17日

　　我们很高兴地得知，日本的检察官没有扣留我们的信件，但既然你说其中有不连贯的地方，那么肯定有些日子出现了空白。我确信，如果你们收到的信是完整的话，那么应该不会有任何不连贯之处。如果你们总是没有坐下来，把信拿在手里好好读，那么这些事件的过程肯定就会成为不连贯的琐事。因为中国没有签署《巴黎和约》，一切都平静下来了。然而，几个月下来都没有什么鼓动人心的新闻，也缺少一点激动之处，真是让人失望。然而，我们希望来一场革命或者政变，或者别的一些小状况，让这个三伏天有点气氛。

当你们得知大学校长——看看先前五月份的信——最终声明自己会重返大学后，你们一定很高兴。据猜测，政府同意了他的条件，其中包括警察不得干涉学生，学校秩序全权由学校负责人自行负责。辞职，逃跑，都是为了被重新请回，这真是一门艺术。中国的和谈代表向国内发回了报道，劳合·乔治[1] 问他们什么是二十一条，他从没听说过。然后，中国人认为贝尔福[2] 是最有责任的。为了避免任何的不连贯，我会补充一则小事，一位中国佣人告诉我们朋友家里的一个小男孩，说中国人比外国人干净多了，因为中国人专门有人给他们掏耳朵，而且这些人会掏得很

---

[1] 劳合·乔治（David Lloyd George，1863 年 1 月 17 日—1945 年 3 月 26 日），英国自由党领袖。第一次世界大战期间任军需大臣、陆军大臣等职。1916 年 12 月 7 日出任首相。1919 年他出席并操纵巴黎和会，是巴黎和会"三巨头"之一，签署了《凡尔赛和约》。

[2] 贝尔福（Arthur Balfour，1848 年 7 月 25 日—1930 年 3 月 19 日），英国保守党政治家，1902 年至 1905 年出任首相，任内其政府因关税改革议题而陷入分裂。1916 年至 1919 年出任英国外相。他曾指责中国对第一次世界大战毫无贡献，为战争"未花一先令，未死一个人"。

深。这真是无从辩驳的一个说法啊。

我听得见，你们的妈妈现在就在楼下，做着一个很有趣的任务，试着发出汉语的声调。我要告诉你，汉语里只有四百个常用词罢了，而且都是单音节的，但是它们每一个都是用不同的声调发出来的。在这个国家里，一部分地区有四个声调，越往南，声调越多，一直到广东，有十二个声调，甚至更多。在书写方面，这里只有214个基本部首，它们以各种方式相互组合搭配。在汉语里，我的姓是"杜"（Du），我的名是"威"（Wei）。"杜"是由两个汉字构成的，一个是"木"，表示树木；一个是"土"，表示土地，它们是分开写的。"威"则由更多的部首组合在一起，其中一个汉字是"女"，一个汉字表示兵器①，剩下的部分我就不清楚了。不要问我为什么中国人决定了"木"和"土"加在一起就表示"杜"，因为我也不知道。

---

① "威"字右边部分是戌，是一把长柄斧头的象形。

北京，7 月 19 日

前些日子，我见到了满洲皇帝的老师，一位英文老师——除了这位英文老师，他还有三位中文老师。英文之外，他还教皇帝数学、科学等科目。他做这份工作已经三个月了。这就是中国人的特点，他们不仅不会杀掉任何皇室成员，而且会给他们在紫禁城里留一个宫殿，也会给他们一笔每年四百万银元的收入。在这座宫殿里，这个已经十三岁的孩子仍旧是皇帝，被那么称呼着，他的太监随从在等他的时候仍旧是行跪拜之礼。同时，他毫无疑问也是个囚犯，一个月只被允许见自己的父亲和弟弟一次。[①] 否则，就没有孩子陪他玩了。如果你愿意让你的想象力在这样的景致中驰骋一下，中国还是保留着一些罗曼蒂克的东西的。教师不会下跪，虽然他也会称呼他为"尊敬的陛下"，或者中文里别的什么。他们交谈的时候，在老师坐下之前，皇帝会保持站姿。这是一种旧式的习俗，用以彰显师道尊严，即便是老鞑靼人也尊崇教育。他有一个中式花园，能在里头散步，但没地方骑车或者进行体育运动。这位教师试图让当权者允许他去农村看看，让他有个玩伴，进行体育锻炼，同时废除宦官，但是他似乎觉得人们更想把他给废除了。这个孩子很聪明，读所有的报纸，对政治感兴趣，追踪着巴黎和会的消息，熟悉所有国家的政治家，总之比他这个年龄的大多数男孩子都更熟悉这些政治家。同时，他还是一个很好的中国古典的学者。中国人似乎完全不担

---

① 溥仪的父亲是清代摄政王载沣（1883年2月12日—1951年2月3日）。溥杰（1907年4月16日—1994年2月28日），是溥仪的同母弟弟。

心这个男孩会成为政治阴谋的中心，但是我想，中国人之所以把他保留下来，是因为他们认为除非人们想要复辟，否则他根本做不成任何事情，而如果人们真要把他迎回来，那就是天意了。

　　我担心我还没有让你们明确地意识到，这里是雨季了。昨天下午，雨季给了我们深刻的印象，因为我们住的地方对面的那条街成了一条河，足足有一英尺半高的水。基督教青年会的建筑坐落的那条主干道上，建筑和建筑之间简直就是一片湖。虽然水深不过六英寸，但是这里的街道比百老汇的街道宽得多，这倒成了一个景致。几百年来，北京一直有大得足以站人的下水道，但是水在其中流得不够快。可能现在你们就读着从中国某些地方传来的电报，介绍着这次洪水和无家可归的人们。黄河因为对中国的灾害而知名，这次造成了很严重的破坏。我们被告知，一年多以前，当传教士下到当地做一些救济的工作时，他们忙得都没有了传教的时间。他们做了很多好事，以至于当经过那里的时候，不得不上了门栓，以防止中国人一窝蜂涌进去。但是我们未曾听说他们接受了谁的好处，将这个作为做生意的最好途径。中国人砍伐森林的政策在很大程度上会让洪水再来，即便这不是全部的原因。如果你们见到他们埋葬人时用的巨大的棺材，就能意识到，中国本就稀缺的森林大部分都变成了棺材。这样，你们可能会中意于一条法律，那就是：所有人，在种够了给自己以及另一个人做棺材的树之前，不许死。

我们的新朋友是一位重要的政治家，虽然现在已经远离了政治。他昨天晚上讲了一个故事，这个故事很能取悦中国人。当召开巴黎和谈的时候，日本的公使常去纠缠大总统和总理。根据大总统和总理与他说话时的态度，他每天都给东京政府发电报，称中国政府肯定会签字。现在，他正焦虑着要怎么给国内的政府解释。在中国没有签字之后，他派了一个人来问我们的这位朋友，为什么中国政府愚弄了他。他的回答是，没有愚弄，但日本人应该记住，有一种权力比政府更大，那就是人民，而代表团不过是遵从了人民的意志。无论日本人对这个回答是相信还是不相信，他们都没法弄清楚中国人的想法。然而，整个事情中最糟糕的一点是，即便是明智的中国人也在利用美国与日本之间的战争，当他们发现美国不会如中国所愿踏入战争时，就会有某种厌恶情绪。但是如果在战争结束之后，美国能利用自己的权力强行推动裁军，并且进行一些公平的处理，那么美国能够在中国造成的影响将无可限量。事实上，他们认为有道德的一方应当指挥一切，更不用说在道德上，日本与美国是针锋相对的。相较于美国，在这里更能看到，如果美国不能将自己想要达成的理念彻底弄清楚，那么它就不应该声明任何东西，一旦美国声明了，那么，即便与全世界为敌，也应当践行这些声明。然而，我们的经济压制力量，以及限制粮食和原材料的威胁，应该能够让威尔逊干成任何事情。

另外一个事件是与大学校长相关的。虽然他完全不是一个政治家，但是军阀认为他要为最近的麻烦和学生暴乱负责任。这样，虽然官方已经宣布了大学校长要回来，

但是安福俱乐部 [1]——军阀的议会组织——仍然想要阻止他。有天晚上，这帮人为一些大学学生举行了晚宴，贿赂他们做些事情。最后他们还额外给了每个人银元一元，作为第二天的黄包车车费，这样一来他们就没有理由不参加大学的会议了。当这十五个人出现的时候，另一边的探子打听到会有些事发生，因此敲响了警钟，聚起了大约一百个人，将受贿者锁起来了。他们一直关押着学生，直到学生坦白了整件事（并且在一份写好的坦白书上签了名），还将他们早已准备好了的决议书和油印的材料翻了出来。在村料中，他们说自己才是学生的大多数，而且不想让校长返校，而一群吵吵闹闹的少数派强

----

[1] 安福俱乐部，又称安福派，中华民国初年政治组织，成立于1918年3月8日，源于"中和俱乐部"，因俱乐部场所设在北京安福胡同，故名安福俱乐部，成员被称为安福党人。由皖系军阀段祺瑞的心腹徐树铮所筹划组织，皖系外交官曾宗鉴亦有参与。该俱乐部操纵了第二届国会议员选举，故该届国会称为安福国会。1920年7月爆发直皖战争，直系取胜之后控制北京，段祺瑞辞职，8月，安福国会解散，安福俱乐部也随之消散。

迫了多数派等。第二天，安福派的报纸说大学里发生了可怕的骚乱，是某个人唆使和领导的。而事实上，那个人当天根本就没在学校。

北京，7月24日

我们想要去满洲，或许在九月吧，然后在十月的时候去山西，那里正值庆典，因为那里的人们有了一位关注民生的长官①，很好地履行了自己的职责。他们说，在1920年的时候，会有百分之六十，甚至更多的孩子能够入学接受义务教育。在没有外国人扶助的情况下，中国人这么容易地就办成了这件事，确实让你对中国充满了希望。但这只是一方面，另一方面，他们在大多数时间里对低效和腐

---

① 杜威指的应当是时任山西省政府主席的阎锡山（1883年10月8日—1960年5月23日）。

败竟是如此容忍。似乎有一个普遍的印象，现在的情况不可能完全继续下去了，必须以某种方式有一个转变。作为一个曾经活跃的政治事件，学生的骚动已经消失了，但是在知识界它仍在继续。例如，在天津，他们出版了几份日报，每份一个铜元。随后在山东，有许多学生被日本人逮捕，因此我猜测那里的学生仍然活跃着。我猜想当假期开始时，会有很多人从中退出。

我被告知，X先生，我们的日本朋友，在山东一事上非常厌恶中国人——日本已经承诺归还山东，但是除非中国有了一个稳固的政府可以掌管一切，否则日本不会归还。因为现在的政府是如此的脆弱，中国只可能将这点领土又拱手送给别的列强，而中国人与其攻击日本，还不如操心自己的生意，安顿好自己的屋子。这里头不乏实情，像X先生这样智慧而开明的人也被此诓骗，并不足为奇。但像他这样的日本人意识不到的是，中国这种脆弱而且不能代表人民的政府，正是日本政府一手培植出来的。一个脆弱而分裂的中国继续存在着，对他们而言是多大的一个诱惑，因为这肯定会成为他们推迟归还山东的借口——别的事情也是这个道理。而且，日本人民不会被告知这一点。任何一个人只要稍稍知道一点中国的骚乱以及中国和日本之间的摩擦，就会预料到，还会有一系列可能的借口，使归还山东的事情被拖延下去。事实上，日本承诺要归还的东西和她在这里所保有的权利相比是微不足道的，或者可以忽略不计。就在上一周，在满洲有一场冲突，根据报道，十五名还是二十名日本士兵被中国人杀害。这类冲突层出不穷，应当首先得到解决。如果别的国家愿意让出自己的租界，使之成为一种国际担保，那么就有可能迫使日本归还领土，但我不觉得大英帝国会愿意放弃香港。总体说来，除了我们美国，就属大英帝国是所有强国里在与中国打交道时最体面的一个了，贩卖鸦片这件事除外。一开始我对这个国家是有偏见的，但之后我才知道英国事实上在这里掠夺得极少，我对此很震惊。当然，印度才是她唯一在意的，她在中国的所有政策都出于这一考虑。至于这类偶然出现的贸易好处，她当然会想要。

(晚间)7 月 27 日

　　我记得在一段时间前我提到过一个小孩子，五岁，在我的一次演讲中走到了讲台正中，离着我很近地站了大概十五分钟，完全没有窘态。前天晚上我们去了一家中国馆子吃晚饭，是一位本地朋友带我们去的，有一个小孩坐到了我们这一桌，开始热切地用中文和我交谈。我们的朋友发现，这个小孩是在问我们认不认识他的三舅。他就是我演讲的时候见到的那个小孩，而且他也认出了我就是那个演讲者。他的三舅现在正在哥伦比亚大学留学。如果你遇到了 T 先生——替我，以他侄子的名义向他问好。这个小孩晚上几次来拜访我们，都很庄重，却不拘束。有一次，他向我要名片，然后将名片小心翼翼地放到了纪念册里。这家馆子靠着一座莲花池，莲花正盛开着。除了说这些莲花宛如真正的莲花，并且邀请你们明年夏天一定来看看之外，我真不知道该如何形容它们的美丽了。

北京，8 月 4 日

上周我们去了天津，参加一个为期两天的教育会议。这次会议是由省教育委员会主持召开的，参会者是各所高中的校长，商议的是秋季开学的问题。大部分的校长是非常保守的，强烈反对学生的罢课，也反对学生介入政治。他们对于开学这件事非常紧张、敏感，因为他们觉得学生在今年整个夏天都参与到政治活动之后，如果等到开学，他们会很难再习惯学校的秩序——高中之类的学校均是董事会制度——他们在操纵政府长达几个月之后，肯定会想要操纵学校。那些占少数的自由派，虽然希望学生重新回到学校的课堂，但是也认为学生的经验有极大的教育意义，他们会带着一种全新的社会视角重返学校，教学也应当随之改变——包括学校维持秩序的方法——从而适应新的状况。

在那里的某一天，我在一家高中享用了一顿非常好的午餐。这所学校① 大概是十五年前从一所私人住宅里开始的，当时只有六名学生。现在，他们占地达到了二十英亩，

---

① 杜威所去的是今天的南开大学。南开大学最初为南开系列学校的一个组成部分，这一系列学校均缘起于严修自家的私塾——严氏家馆。严修虽然是接受旧式教育长大，并通过科举考试步入仕途的官僚，但他意识到改革教育的重要性，认为"中国自强之道，端在教育，创办新教育，造就新人才"。1898 年，严修辞官回家，并开始着手建立新式学校。1904 年，私立南开学校建立，严氏家馆的塾师张伯苓担任校长。杜威所谓"十五年前从一所私人宅子里开始的"与之正相符合。

有一千一百名学生。他们正在建一所全新的大学①，今年秋天就要招一个班的新生，共一百人——它现在属于高中阶段，所有的一切都是由中国人自己资助、自己管理的，没有传教士或者基督教，虽然校长是一位热心的基督教徒，并且认为耶稣基督的教导将是中国唯一的解救之道。主要的资助人是一位不讲英语也不信仰基督教的传统中国学者——但是有许多现代的思想。校长说，两年前，他们中

① 1917 年，在尝试创建的专门部和高等师范班一年便失败后，严修派张伯苓先期前往美国哥伦比亚大学研究大学经营之道。次年，他也赴美国考察，对包括哥伦比亚大学、芝加哥大学、旧金山大学等学校在内的美国私立大学运作有了深入的了解。1918 年年底回国之后，严修和张伯苓开始为南开大学的创建奔走。两人先行前往北京，面见教育总长傅增湘及多位知名学者，讨论大学成立事宜，又找到梁士诒、曹汝霖、周自齐等人，募集大学创建的资金。之后两人又亲自或派人前往多处，争取各地军阀支持。张伯苓、严修曾拜会曾多次给南开捐款的天津老乡、江苏督军李纯，恳请帮助筹款。在严、张二人的努力下，1919 年 4 月，南开学校大学部校舍在南开学校南端动土兴建。5 月，开始制定学校规章制度，招生工作起步。9 月 7 日、8 日，南开学校大学部举办招生考试。10 月 17 日，首次开学典礼举行，标志着私立南开大学正式成立。1921 年，南开学校大学部正式更名为"天津私立南开大学"。杜威正好亲眼见证了南开大学的创设阶段。

的三个人通过一次教育考察之旅周游了全世界，那位旧式的学者也在其中。当时，美国政府给他们派了一位秘密服务的特殊警探，从纽约一直陪到旧金山。这个警探对旧式中国的绅士印象极深，并且说："什么样的教育能培养出这样的人啊，这是我所见过的最好的绅士。与他相比，你们这些西洋的绅士都相形见绌。"在文明礼貌方面，他们确实在全世界都能夺魁——与日本人一样的礼貌，但全然没有那么多的规矩，因此看上去更像一种道德上的美德。然而，这在中国并不普遍。我问校长，过去传教士的教育对中国人消极而不反抗的心态有什么样的影响。他说，传教士教育造成的改观之大，有如美国和英国差别之大，有如美国老年人和年轻人差别之大。基督教青年会已经放弃了不介入的观念，转而认为基督教应当改变社会环境。据他讲，基督教青年会是一群社会工人，而不是传统意义上的传教士——这一切很是鼓励人心。或许，中国人将会是使基督教重新焕发青春的人，丢掉其中腐朽、潮湿、干燥的地方，将其改变为一种社会宗教。这位校长是教师学院的学生①，也是中国最有影响力的教育家之一。他讲话的时候常常用一些新奇的比喻，很抱歉，我记不清他都说了些什么。此外，谈到日本人的勤奋和中国人的懒惰时，他让我最近萌生的一个想法更为坚定，那就是中国人的保守主义更是一种智慧和辩证，而不是像我之前所想象的那样，仅仅顺从于传统。因此，一旦他们的想法真的改变了，整个民族就会更彻底地改变，这会比日本彻底得多。

现在的代理教育部长要正式就任，似乎有三个条件——他必须解散大学，阻止前校长回来，解职所有的高中校长。毫无疑问，他现在还没能完成一件，安福俱乐部对此感到恼怒。据说他是一个圆滑的政客，当他和我们这些自由派的朋友在一起吃晚饭的时候，他告诉我们自己是如何被中伤的——人们说他是安福俱乐部的一员。

从天津回来的路上，我遇上了中国的另一面。有人介

---

① 1917 年 8 月，张伯苓曾赴美国哥伦比亚大学师范学院研修教育专业。

绍了一位前财政总长与我们同行。他在美国拿到了高等数学的博士学位，是最聪明的人。但是他的交谈主题却是对鬼魂、偷魂、占卜要进行一种科学的探究，这样才能科学地知道灵魂的存在和心念的控制。他顺带讲了很多中国的鬼故事。这些故事除了带点中国色彩，我看不出还有什么中国意蕴。对于这件事，他肯定比我们美国的许多灵修主义者更有智慧。但是这些鬼魂显然是中国的——故事主要都是关于偷魂的。我猜你们知道，在中国的好房子面前都有一堵墙。那是为了把鬼魂挡在外头，因为鬼魂不会转弯，因此只要正前方有一面墙，这房子就安全了。否则，他们会钻进来，抢夺某个人的身体。如果谁感觉得不舒服，那他就是被偷了魂。天津似乎有相当多的一群前高官，他们对精神研究更有兴趣。考虑到中国是鬼魂的故乡，我不知道西方这些研究者为什么不从这里开始他们的研究呢。这些受过教育的中国人不是那么好骗的，因此他们的鬼故事听上去一点都不粗糙。

译后记

好些年前，我有幸跟随北京师范大学的郑国民教授学习课程与教学论。在课上，郑老师曾叮嘱我们，既然选择了这个专业，那么像杜威的《民主主义与教育》、泰勒的《课程与教学的基本原理》之类的经典作品就有必要人手一册，反复研读。这是促使我个人认真阅读杜威著作的起点。后来在丁道勇老师的课上，丁老师将全班分为几个小组，每组研读杜威《民主主义与教育》的一个章节，并且向全班汇报，其余同学则予以反馈、批评。按这种方式，我们花了很长一段时间才读完了整本书。杜威的理论很晦涩，我们也读得很辛苦，有时甚至争辩得很厉害。但至少按我个人的感觉，这段时间我们都获益匪浅。我们或多或少地感觉到了，一种现代教育究竟应该是什么样子，能够是什么样子。我想，中国所有师范专业的学子可能都一样，在研读杜威的路途中有过种种滋味，但无疑，我们都将杜威视为这个领域里一个天然的权威和前进的向导。

之后，我有幸到日本国立广岛大学攻读博士学位。熟悉历史的朋友可能都曾留意过，杜威在1919年是先到的日本，随后才来的中国，他的中国之行给中国教育界和思想界带来了巨大的影响。但关于杜威在日本期间的资料，以及日本学界对杜威的研究，国内的文献还不是很多。我格外珍视这次赴日的机会，虽然自己的研究题目并非杜威，但一到日本，还是立刻着手搜罗这方面的资料。然而让我诧异的是，杜威研究固然是日本教育理论研究中重要的一个版块，但并非全部，甚至很难称得上"最重要"的一个版块。我与身边的日本学者交流，他们也告诉我，杜威代表着哲学以及教育哲学中的一种取向，特别在"二战"刚刚结束后，杜威研究虽然是在日本非常风行的一种，但绝非唯一的一种。在群星璀璨的哲学界，杜威被视为美国实用主义哲学的代表人物，但他在日本的风头似乎不及海德格尔、胡塞尔等一批秉承德国传统的哲学家。教育哲学专业的学生也未必将阅读杜威视为一门必修课。与之相比，德国的观念论、英国的分析哲学甚至日本本土的"京都学派"视野下的教育哲学，在日本教育哲学界所占的比重都未必亚于杜威。丸山真男曾在《日本的思想》一书中说，日本思想是一个"没有结构"的传统，没有哪一种思想把持着中心位置。唯有亲自到了这里，我才有点体会到了丸山真男的这个意思。

很有趣的是，历史有时候真的会成为现实的一面镜子。当我回溯 1919 年杜威的东亚之行时，我同样发现，当时的日本其实才是杜威一开始的主要目的地，中国之行反而不无偶然因素。可是要论起对杜威的欢迎程度，中国又何止百倍于日本。杜威在日本受到了很好的款待，也在日本最顶级的学府，当时的东京帝国大学举办连续讲座。但是，他的学说在日本并没有掀起太大的波澜。根据不少亲历者的回忆，对当时的日本人而言，大概只有德国哲学才称得上哲学，他们还不相信美国人能折腾出什么像样的哲学。然而正如我们都很熟悉的那样，杜威在中国受到了空前的欢迎。他在北京大学、北京高等师范学校等知名学府举办了学术演讲，而且这些演讲内容很快就被出版成书，风靡一时。他主动推迟了自己返美的时间，在华滞留了两年多，行遍中国十一个省，在各种场合先后进行了大大小小两百余场演讲，其影响既广且深。他的教育理念更是融入到了1922年颁布的"壬戌学制"之中，深刻地改造了中国现代教育的精神面貌。可以说，当时的历史在很大程度上奠定了今日的格局。

正是在追溯这段历史的时候，我注意到不少日本学者都曾在论文中援引过杜威和妻子爱丽丝·杜威的一本书信集——*Letters from China and Japan*。这本书由纽约 E.P.DUTTON 公司初版于 1920 年，收录的是他们到访日本和中国的第一年，也即 1919 年里，写给美国家中的孩子们的信件，后由他们的女儿伊凡琳·杜威（Evelyn Dewey）编纂而成，因此我将其书名译作《杜威家书》。如果说之前我对杜威东亚之行的理解更接近一种历史的宏大叙事，那么，阅读《杜威家书》则带给了我时时在历史细节处闪光的真实感。刚到日本的时候，杜威夫妇讶异于日本人蹩脚的英语，还刻意戏仿了几句。同时，他们也赞叹日本细致的礼节、干净的店面和周到的服务，这些细节似乎到今天也很容易让人生发同感。身为一个敏锐的哲学家，杜威关注到了那些留美回来的日本人在国内的些许尴尬；感受到 1919 的日本正处在一个角力的阶段，民主的力量有所抬头，但保守的政治力量同样强大。他真切地思虑着日本未来的走向。爱丽丝则更富于女性的敏感，她关心着日本女性的婚姻和孩子们的成长。即便是萍水相逢的艺伎，爱丽丝看到的也是"男人们从来不曾看见"的一瞬间的"悲伤的神色"。书信集中关于中国的部分读来就更让人感到亲切了，他们甚至详细记下了一顿丰富而精致的菜肴，显然中国菜给他们留下了很深的印象。但与此同时，当时中国贫困落后的一面也真实地映入了他们的眼帘。穷孩子无学可上，晃荡在街上，这情形让身为教育家的杜威大呼痛心。更为重要的是，杜威夫妇此行，很偶然地遇上了中国"五四"运动的爆发。杜威在一封封家信里详细描绘了他所见到的场景，学生们踊跃演讲，不惧强权，与军警斗智斗勇，最终促成了北洋政府拒绝在《巴黎和约》上签字。这个过程中不断有或好或坏的小道消息传来，杜威的心情也随之时上时下。但当他最终确认这一消息时，他在家信里所流露出的那种激动和兴奋，即便时隔近百年，也非常清晰地传递给了作为一个读者的我。不难发觉，亲历"五四"运动让杜威与中国的情谊更深厚了，也成为了促使他改变行程，继续在中国讲学的重要因素之一。

我在读着这些极具历史意义的家信时，就萌生了想要翻译此书的想法。后来经华东师范大学顾红亮教授告知，我才知道，1970年，台湾曾经出版过一个名为《中国书简》的译本，可惜没有再版，大陆地区的图书馆也极少有藏，读过的人寥寥无几。我赶紧拜托当时在台湾大学求学的老友王萌从二手书店淘了一本。《中国书简》的出版社是今天似乎已经停止运转的地平线出版社，译者为王运如，书中翻译的是与中国有关的部分章节。在日本，杜威此书虽然见人引用，但并无译本。不过，1975年，研究社曾经出版过《美国人的日本论》（アメリカ人の日本論）一书，顾名思义，书中搜罗的是不少美国名人对日本的观感，这当中就有泷田佳子摘译的一小部分杜威的书信。毫无疑问，这一次又全都是关于日本的部分。前辈学者编译此书，似乎更像是从文化交流的角度取材，而且只取了与自己贴近的部分，在编译者眼中的"过分琐杂之处"都被删去了。当然，我们不能以今天的学术出版标准去要求两本出版于三四十年前的书，但这也恰好说明，在今天出版一个全新的、完整的《杜威家书》汉译本是非常有必要的。正是在这一背景下，我决定翻译此书。

本次翻译耗时约有半年，所用的底本是东京大学图书馆所藏的1920年初版本。在翻译的过程中，我参考了上述的汉译本和日译本。我不敢说自己的译本一定胜过前辈学者，我只能说，因为今天有了便捷的网络科技，我在翻译中遇到一些拿捏不准的难题时，可以很快地参考到更多的背景资料，从而尽可能地避免错讹。从这一点上讲，我当然比前辈学者幸运得多。

为了方便读者理解，尤其是为了方便中国读者理解杜威夫妇所提到的1919年日本的相关情况，我查阅了一些史料，而且特意去杜威在书中提及的一些地方跑了一趟，不揣冒昧地编写了百余条注释，附于书中。老实讲，写注释有时候比做翻译还难，而且写得越多，可能更容易将编写者知识上的马脚暴露无疑。但考虑到这本书距今已经快一百年了，尤其是里面谈及的很多日本方面的背景知识对中国读者而言难免有些隔膜，我还是将这一工作坚持了下来。事实上，我在为编写注释而重新翻阅周策纵先生的经典之作《五四运动史》时才发现，周先生在论述"五四"运动的发展历程时，早就将杜威夫妇的这本书信集视为了非常重要的第一手资料，多次引用，以证明历史进程中的一些关键节点。显然，即便在周先生这样的史学大家眼中，杜威夫妇的这本书信集也是非常可靠的历史文献。我也只有惭愧以往读书不够仔细，要不然早就应该注意到这本被埋没得太久的好书。

有关杜威东亚之行的方方面面，我曾写过两篇论文。一篇名为《杜威的日本之行与中国之行的比较研究：从教育学的视角出发》，刊载于日本学术年刊《中日教育论坛》（中日教育論壇）2016 年卷；一篇名为《杜威日本与中国之行的思想动态研究：以〈杜威家书〉为中心》，刊载于中国学术期刊《教育学报》2016 年 03 期。这两篇文章各有侧重，前一篇是鸟瞰式综述，后一篇则专谈《杜威家书》，有兴趣的读者不妨一览，或许对理解此书能有一点助益。

在广岛大学留学的日子里，负责指导我的坂越正树、丸山恭司、山田浩之三位教授给予了我无微不至的关怀，为我介绍日本教育学界的种种人和事；日本杜威学会会长早川操教授、早稻田大学的藤井千春教授和东京大学的泷田佳子名誉教授也曾在杜威研究的领域惠我良多。在此向他们致以诚挚的谢意。

这本书在中国的出版，更离不开中国师友的大力支持。北京师范大学的郑国民教授、刘勇教授、张斌贤教授、姜星海副教授、丁道勇副教授和台湾嘉义大学的王清思副教授，曾花费过很多心血指点我的学术研究。北京第二外国语学院的曹卫东教授一直用上乘的译作教导我翻译的艺术，我却憾于自己不能及老师的万分之一。此外，老友王萌辗转为我购书，在东京大学求学的妻子陈玥博士为我提供了东京大学图书馆所藏的原书初版本，北京师范大学出版社的编辑们更是为此书的出版付出了极大的心血。我由衷地感谢这些与我一路同行的师友。

今年是杜威的《民主主义与教育》一书问世一百周年，世界各地的教育界都在展开活动纪念这一盛事。我也愿以这本小书的翻译工作，向这位深刻影响了中国教育发展进程的教育家致敬。与此同时，我深刻地意识到，翻译绝非一件轻松的工作。杜威本就学问极深，游历极广，爱丽丝·杜威也是一位1886年毕业于密歇根大学哲学系的杰出女性，他们在这本书里谈及的又多是一些极难查证的历史细节，因此，我对原书的理解和翻译难免存在这样或那样的问题。读者朋友们如果在阅读过程中发现了任何错漏之处，还请不吝赐教。

刘　幸

日本广岛大学

2016年6月

图书在版编目（CIP）数据

杜威家书:1919年所见中国与日本 ／（美）杜威编:刘幸
译.—北京:北京师范大学出版社,2016.8 （2018.6）
　ISBN 978-7-303-20437-3

　Ⅰ.①杜…　Ⅱ.①杜…　②刘…　Ⅲ.①杜威·J.(1859～
1952)—书信集　Ⅳ.①B712.51

中国版本图书馆 CIP 数据核字(2016)第 104372 号

营 销 中 心 电 话　010-58805072　58807651
北师大出版社学术著作与大众读物分社　http://xueda.bnup.com

DUWEI JIASHU
出版发行:北京师范大学出版社　www.bnup.com
　　　　北京市海淀区新街口外大街 19 号
　　　　邮政编码:100875
印　　刷:鸿博昊天科技有限公司
经　　销:全国新华书店
开　　本:787 mm×1168 mm　1/32
印　　张:9.75
字　　数:140 千字
版　　次:2016 年 8 月第 1 版
印　　次:2018 年 6 月第 3 次印刷
定　　价:45.00 元

策划编辑:周益群　　　　　　　责任编辑:齐　琳　梁宏宇
美术编辑:王齐云　　　　　　　装帧设计:王齐云
责任校对:陈　民　　　　　　　责任印制:马　洁